AGENTIN WIDER WILLEN

KRIEGSJAHRE EINER FAMILIE

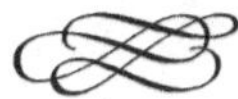

MARION KUMMEROW

INHALT

Agentin wider Willen - Kriegsjahre einer Familie, Band 4

ISBN Printversion 978-3-948865-08-5

© 2020 Marion Kummerow

Herstellung und Verlag:

Marion Kummerow
Weißtannenweg 7
80939 München

Übersetzung: Annette Spratte

Titelbildgestaltung: http://www.StunningBookCovers.com

Bildnachweis: Bundesarchiv, Bild 102-16180 / CC-BY-SA 3.0

https://creativecommons.org/licenses/by-sa/3.0/de/deed.en

KAPITEL 1

Berlin, Februar 1944

S abine und ihr Mann Werner, mit dem sie seit fünf Jahren verheiratet war, saßen am Küchentisch beim Abendessen. Im Radio lobte Goebbels' Propagandaministerium einen weiteren glorreichen Sieg des Reiches und sie fragte sich, ob irgendjemand diese Lügen noch glaubte.

Aber sie sprach ihre Bedenken nicht aus. Nicht weil ihr kleines Reihenhäuschen in einem Berliner Vorort papierdünne Wände hatte und die Unterhaltungen der Nachbarn beiderseits mühelos zu hören waren. Nein, sie hatte es sich angewöhnt, sich um ihre eigenen Angelegenheiten zu kümmern und sich nicht zu beschweren.

Was würde es auch ändern?

Rationierung von Lebensmitteln. Mangel an öffentlichen Verkehrsmitteln. Fürchterliche nächtliche Bombardierungen durch die Alliierten. Die beschissene Arbeit in der Rüstungsfabrik. Gegen all das konnte sie nichts ausrichten.

Sie beschwerte sich noch nicht einmal über die ständig steigenden Quoten, die sie erfüllen mussten, so wie einige ihrer

1

Arbeitskolleginnen es taten. Die Soldaten brauchten Gewehre und sich über müde Füße und taube Hände zu beklagen, würde ihr nur den Zorn des Vorarbeiters einbringen. An der allgemeinen Kriegsführung würde das gar nichts ändern.

Waffen wurden gebraucht und jemand musste sie herstellen. Diejenigen, die ihre Nasen in anderer Leute Angelegenheiten steckten, hatten die Tendenz, auf Nimmerwiedersehen zu verschwinden. Das würde ihr nicht passieren.

„Wie war dein Tag?" Sabine schenkte Werner ein müdes Lächeln, als die Nachrichtensendung endete. Normalerweise zog er sie nach dem Essen auf seinen Schoß, aber heute nicht. Er hatte sich noch nicht einmal umgezogen, sondern lediglich die zwei obersten Knöpfe seines Uniformhemdes geöffnet und die Ärmel hochgekrempelt.

Werner seufzte und ein trauriger Ausdruck huschte über sein Gesicht. „Es gab einen weiteren Zwischenfall mit der SS." Er hielt lange inne, unwillig, ihr seine Sorgen zu erzählen.

„Was ist diesmal passiert?" Sie wusste, wie gern er Feuerwehrmann war. Sein Vater und sein Großvater waren bereits Feuerwehrmänner gewesen, also war es nur natürlich, dass er in ihre Fußstapfen getreten war. Aber die Arbeit hatte sich so verändert, dass es ihm in der Seele wehtat, bis die meiste Freude verflogen war. Anstatt seinen Mitbürgern zu helfen und sie zu beschützen, musste er hilflos danebenstehen und zusehen, wenn die SS oder Gestapo ihre Gräueltaten verübten. Er beschwerte sich selten, hatte wie alle Menschen Angst, die Partei zu kritisieren, aber sie wusste, wie sehr er die Grausamkeit dieses Regimes hasste.

Sabine saß still da und wartete darauf, dass er weitersprach. Sein gepeinigter Ausdruck versetzte ihr Herz in Panik. Es schlug so schnell, als wollte es wild davongaloppieren. Nach einigen Minuten hob er schließlich den Blick und sie sah die Trauer in seinen Augen.

„Sie haben ein weiteres Gebäude angezündet. Mit Menschen drin, Frauen und Kindern. Sabine, einige sprangen vor Verzweiflung aus den Fenstern und die SS trampelte auf denen herum, die den Sturz überlebten. Gott, es ist so falsch, diese Verbrecher auch nur als Männer zu bezeichnen. Was ich heute gesehen habe, entbehrte jeglicher Menschlichkeit, jeglichen Mitgefühls …" Er macht eine Pause und sie erkannte eine abgrundtiefe Trostlosigkeit in seinen Augen, die sie noch nie zuvor gesehen hatte.

Über den Tisch hinweg griff sie nach seiner Hand. „Das hast du gesehen?"

Werner schaute weg. „Ja. Ein Nachbar hat uns angerufen, aber die SS hat nicht zugelassen, dass wir das Feuer löschen, nicht, bis jeder im Gebäude bei lebendigem Leibe verbrannt war und das Haus in Schutt und Asche lag." Er sah sie mit vor Tränen glänzenden Augen an. „Umgebracht. Alle. Sogar Säuglinge. Dafür, dass sie angeblich Verräter beherbergt haben."

„Das ist so furchtbar." Sabine drückte ihrem Mann voller Mitgefühl die Hand.

„Ich wollte etwas tun, irgendetwas… aber was konnte ich denn tun?" Er zog seine Hand aus ihrer und vergrub den Kopf in seinen Händen.

„Mach dir keine Vorwürfe. Du konntest nichts tun. Es war richtig, dich rauszuhalten, sonst hätten sie dich vielleicht auch noch umgebracht."

Werner warf ihr einen harten Blick zu. „Ich habe mich jetzt schon so lange herausgehalten. Schau dir an, was passiert. Die SS hat mehr Macht als jemals zuvor. Vielleicht sollten wir aufhören, uns nur um unsere eigenen Angelegenheiten zu kümmern, und uns stattdessen gegen diese Ungerechtigkeit auflehnen."

Sabine riss ihre Augen weit auf angesichts dieser Aussage. „Werner, das ist verrücktes Gerede. Das meinst du nicht ernst."

„Ich meine es sogar sehr ernst. Deutschland, das Deutschland, das ich liebe, ist kein Land von durchgedrehten Wahnsinnigen, die andere gängeln und jeden töten, der eine andere Meinung vertritt …" Er sprang auf und lief in der Küche auf und ab.

„Leise! Wenn die Nachbarn dich hören!" Sabine stand von ihrem Stuhl auf und stellte sich ihm in den Weg.

„Siehst du nicht, wohin uns das geführt hat?" Er senkte seine Stimme zu einem Flüstern. „Ich kann noch nicht mal meiner Frau sagen, wie leid ich diese Verbrecher bin. Und Verbrecher sind sie, mach dir da nichts vor."

In dieser Hinsicht stimmte Sabine ihrem Mann zu, aber sich einzumischen, würde sie in Gefahr bringen. Diese Leute in dem verbrannten Haus mussten etwas Kriminelles getan haben. Warum sonst sollte die SS hinter ihnen her sein? „Sag' nicht so was. Versprich mir, dass du keine Dummheiten machst. Mach einfach deine Arbeit und scher dich nicht um das, was um dich herum passiert. Bitte!"

Werner umfasste ihre Hüften und schob sie aus dem Weg, damit er weiter hin und her laufen konnte. „Mich nicht drum scheren? Wie kann es mir egal sein, wenn Frauen und Kinder abgeschlachtet werden? Es ist meine Pflicht, sie zu beschützen ..."

„Und genau das tust du auch, aber die Nazis haben eben die Regeln geändert. Du solltest dankbar sein, dass dein Beruf als Feuerwehrmann dich vom Wehrdienst befreit."

Werner drehte sich um und stellte sich vor sie, sein gutaussehendes Gesicht nur Zentimeter von ihrem entfernt. Er schaute sie lange an und seufzte dann laut. „Ich weiß, und ich bin auch dankbar, aber... das ist nicht richtig... wir sollten... Feuer löschen, nicht zusehen, wie Kleinkinder und ihre Mütter verbrennen ..."

„Du musst dich von dem distanzieren, was heute passiert ist. Du darfst keine Aufmerksamkeit auf dich ziehen oder irgendjemanden wissen lassen, dass du die Methoden der Nazis verurteilst. Damit malst du dir nur eine Zielscheibe auf den Rücken – und auf meinen auch." Sie schlang die Arme um seinen Oberkörper und hoffte, dass ihre flehenden Worte zu ihm durchdringen würden. Sie hatten schon so viel zusammen durchgemacht.

„Ich weiß. Ich musste nur mal meinen Gefühlen Luft machen." Er drückte sie an sich und stützte sein Kinn auf ihren Kopf.

Sabine lehnte sich etwas zurück und sah ihm in die Augen. „Versprichst du mir, dass du nichts Dummes tun wirst? Ich liebe dich so sehr, ich könnte nicht ohne dich leben.“

„Ich verspreche es.“ Endlich kehrte sein gewohntes Lächeln zurück und er hob sie in seine Arme und trug sie die Treppe hinauf ins Schlafzimmer. „Ich liebe dich auch, Sabine. Für dich würde ich alles tun.“

KAPITEL 2

Sabine ließ ihren Blick durch die Fabrikhalle schweifen und versuchte sich einzureden, dass die Arbeit gar nicht so schlecht war. Leider kaufte sie sich das selbst nicht ab und Unzufriedenheit sickerte in ihre Seele wie bittere Medizin. Sie hasste die Arbeit in der Fabrik aus ganzem Herzen, aber ihr war auch die Sinnlosigkeit jeglicher Form des Protests bewusst.

Das Reichsarbeitsamt hatte ihr die Arbeit hier zugewiesen und wie jede gute Bürgerin gehorchte sie. Ihre momentane Aufgabe war zwar monoton, dafür aber einfach und körperlich nicht sehr anspruchsvoll. Da gab es wesentlich schlimmere Aufgaben, von denen sie keine näher kennenlernen wollte. Wie zum Beispiel nach den Fliegerangriffen den Schutt von der Straße zu räumen. Um ehrlich zu sein, vermutete sie, dass solche schweren Arbeiten eher Strafcharakter hatten. Die Leute, die das taten, sahen in ihren gestreiften Uniformen sehr nach Gefangenen aus.

Sie schielte zu dem leeren Arbeitsplatz direkt neben sich. Die Frau, die dort beschäftigt war, war seit zwei Tagen nicht mehr zur Arbeit erschienen und niemand schien zu wissen, wo sie steckte. Sabine fragte sich, ob sie bei einem Bombenangriff ums Leben gekommen oder vielleicht von der Gestapo festgenommen worden war. Solche Dinge passierten, auch wenn sie natürlich selten bestätigt wurden.

Während ihre Hände damit beschäftigt waren, Gewehrteile zusammenzubauen, bemerkte sie, wie einer der Vorarbeiter in ihre Richtung kam, und zog den Kopf ein, die Augen auf ihre Arbeit gerichtet. Sie hatte sich angewöhnt, sich so unsichtbar wie möglich zu machen, und tauschte sich auch selten mit ihren Kolleginnen aus.

Frauen, die das Missfallen der Vorarbeiter erregten, erging es nie gut. Normalerweise wurden sie auf Stationen versetzt, die ein deutlich höheres Verletzungsrisiko hatten oder körperlich anstrengend waren.

„Frau Mahler", unterbrach die Stimme des Vorgesetzten ihre Gedanken.

„Ja?" Sie sah den älteren, wohlgenährten Mann an.

„Das hier ist Ihre neue Kollegin, Frau Klausen. Ich möchte, dass Sie sie einarbeiten." Er trat zur Seite und machte einer älteren Frau Platz, die hinter ihm stand. Frau Klausen hatte graue Strähnen im Haar und die Falten in ihrem Gesicht zeugten sowohl von ihrem Alter als auch von den Entbehrungen, die jede Berlinerin täglich erdulden musste. Das düstere, schwarze Kleid, das unter ihrem hässlichen, graublauen Schutzkittel hervorlugte, sprach Bände über das Elend von mehr als fünf Jahren Krieg und Kleidungsrationierung.

„Natürlich, Herr Meier." Sabine stöhnte innerlich. Frau Klausen einzuarbeiten würde sie in ihrer eigenen Quote zurückwerfen, was nie gut war.

Herr Meier verschwand und ließ eine zutiefst erschüttert wirkende Frau Klausen neben Sabine zurück. Sabine konnte nicht anders, als die ältere Frau zu bemitleiden.

„Vielen Dank, dass Sie mir alles beibringen, Frau Mahler", sagte Frau Klausen. „Es ist das erste Mal in meinem Leben, dass ich außerhalb meiner eigenen vier Wände arbeiten muss, aber ich verspreche, dass ich schnell lerne."

Sabine nickte ernst, überlegte es sich dann aber anders und lächelte sie an. „Sie werden es schnell heraushaben. Hier, ich zeige es Ihnen." Sie demonstrierte ihrer neuen Kollegin die Handgriffe, die nötig waren, um die Standardwaffe Karabiner 98k, das *Rückgrat der Wehrmacht*, zusammenzubauen.

Frau Klausen wirkte noch erschütterter, als sie erkannte, was unter Sabines Händen entstand. Wie versprochen lernte Frau Klausen schnell und brauchte wenig Anleitung. Sabine wusste ihre ruhige Art zu schätzen. Die ältere Frau redete nicht ununterbrochen über Mode, Klatsch oder Männer wie einige der jüngeren Kolleginnen.

Den ganzen Morgen über behielt Sabine ihre Kollegin im Auge und gab ihr Tipps, wie sie schneller oder genauer arbeiten konnte. Davon abgesehen hielt sie sich zurück. Es gab keinen Grund, mit irgendwem Freundschaft zu schließen.

Als der Gong für die Mittagspause ertönte, wischte Sabine ihre Hände am rauen Material ihres Schutzkittels ab. Sie legte die Gewehrteile weg, um in den kleinen Pausenbereich zu gehen, wo sie zuvor ihren Henkelmann verstaut hatte. Sie war schon einige Schritte von ihrem Arbeitsplatz entfernt, als sie sich umdrehte und auf eine völlig hilflose Frau Klausen sah.

„Hat man Ihnen schon die Fabrik gezeigt?", fragte sie.

„Noch nicht. Ich denke, ich muss mich selbst zurechtfinden", sagte Frau Klausen mit einem müden Lächeln, rieb sich den Rücken und streckte die Schultern.

Sabine seufzte. „Kommen Sie mit mir. Ich zeige Ihnen, wo alles ist."

„Vielen Dank, das ist sehr freundlich von Ihnen. Arbeiten Sie schon lange hier?", fragte Frau Klausen, während sie sich zu ihr gesellte.

Sabine zuckte mit den Achseln. „Lange genug, um zu wissen, dass das nicht mein Traumberuf ist, aber es hilft den Kriegsanstrengungen, also… bin ich hier." Sie kamen am Pausenraum an, wo die Frauen die Möglichkeit hatten, ihr Essen aufzuwärmen oder etwas mit ihren Lebensmittelkarten zu kaufen. Die meisten aßen jedoch nur ein herzhaftes Butterbrot oder lauwarme Suppe, die sie in Henkelmännern mitbrachten.

Eine andere Kollegin namens Elise kam auf sie zu. Sabine zog unwillkürlich den Kopf ein, denn sie fürchtete das Unvermeidliche.

„Hallo, ich bin Elise. Wie heißen Sie?“

„Frau Klausen.“ Die ältere Frau schien genauso unwillig, belanglose Konversation zu betreiben, wie Sabine selbst.

„Wie kommt es, dass eine alte Frau wie Sie hier arbeitet?“, fragte Elise und Sabine zuckte innerlich zusammen.

Aber Frau Klausen nahm es gelassen und antwortete mit freundlicher Stimme: „Mein Mann ist Kriegsgefangener in Russland und unsere vier Kinder sind alle erwachsen und brauchen mich nicht mehr, also hat das Reichsarbeitsamt entschieden, dass ich dem Vaterland am besten dienen kann, wenn ich hier arbeite.“

„O ja, ist das nicht aufregend?“ Elise hüpfte auf und ab und klatschte dabei in die Hände. „Wir helfen dem Führer, den Krieg zu gewinnen. Gewehre zusammenbauen. Das ist so eine wichtige Aufgabe für ein junges Mädchen wie mich, finden Sie nicht auch?“

„Ihre Begeisterung ist bewundernswert“, sagte Frau Klausen in einem Ton, in dem nichts von der Begeisterung mitschwang, die sie gerade so gelobt hatte.

„Ja. Natürlich hätte ich zu gern für das Propagandaministerium gearbeitet und all diese wundervollen Reden getippt, die Goebbels und seine Mitarbeiter halten. Aber die Zahl meiner Anschläge war zu gering… und wissen Sie, ich war nie so sehr auf die Schule erpicht. Ich habe immer gedacht, ich würde mit achtzehn heiraten und einen Stall voller Kinder bekommen… aber mein Schatz ist im Krieg, also trage ich hier meinen Teil bei. Es ist eine so wichtige Arbeit. Können Sie sich vorstellen, dass eins der Gewehre, die ich hier zusammenbaue, eines Tages einem mutigen deutschen Soldaten gegeben wird, der damit diese abartigen Russen tötet?“ Elises Gesicht erhellte den Raum wie die nächtlichen Suchscheinwerfer der Flugabwehr die Nacht.

Frau Klausen kniff bei dem Wortschwall der jungen Frau die Lippen zusammen und biss dann in ein Butterbrot mit himmlisch duftendem Käse.

„Und was machen Ihre Kinder?", fragte Elise.

„Mein einziger Sohn ist ein Wehrmachtssoldat, der zurzeit irgendwo im besetzten Polen ist. Vielleicht trägt er eins Ihrer Gewehre —"

„O ja, ist das nicht aufregend?", platzte Elise heraus und begann einen weiteren Monolog über die Großartigkeit des Krieges im Allgemeinen und Hitlers im Besonderen. Sabine hatte schon vor langer Zeit beschlossen, Elises Überschwänglichkeit auszublenden, ebenso wie die einiger anderer junger Mädels. Vor fünf Jahren mochte sie genauso gewesen sein, aber seit sie zwei Fehlgeburten hinter sich hatte, gab sie dem Leben einen wesentlich höheren Wert. Und Krieg bedeutete, Leben auszulöschen. Ihr Magen zog sich zusammen. Zwei Jahre war ihre letzte Fehlgeburt schon her, aber noch immer drohte sie in Tränen auszubrechen, wenn sie eine Schwangere sah.

Zum Glück läutete die Glocke das Ende der Mittagspause ein und riss sie aus ihren schwermütigen Gedanken.

„Die Mittagspause ist vorbei", sagte Sabine, stand auf und strich sich mit den Händen über die Haare, um sicherzugehen, dass alle Wellen und Locken noch perfekt saßen. Bei der Arbeit durften sie die Haare aufgrund des Verletzungsrisikos nicht offen tragen, also hatte sie sich eine ausgeklügelte Frisur ausgedacht, die die Eleganz des offenen Haars mit den notwendigen Sicherheitsregeln in Einklang brachte. Insgeheim nannte sie es die *Sabinewelle*.

„Danke, dass Sie mir alles gezeigt und mir beim Essen Gesellschaft geleistet haben", sagte Frau Klausen auf dem Weg zurück zu ihren Arbeitsplätzen.

„Gern geschehen." Sabine erhöhte ihr Arbeitstempo, um die Zeit wieder reinzuholen, die sie aufgewendet hatte, um Frau Klausen anzulernen. Den Rest ihrer Schicht verbrachte sie in Gedanken über ihre neue Kollegin.

Es war offensichtlich, dass die Frau ihren Ehemann und Sohn sehr vermisste. Obwohl sie das nicht offen gesagt hatte, hatte der sehnsüchtige Ausdruck in ihrem Gesicht sie verraten. Sabine wusste, dass sie selbst sehr privilegiert war, weil Werners Arbeit ihn vom Wehrdienst befreite, und sie konnte sich nur fragen, wie sie damit zurechtkäme, wenn man ihn wegschicken würde.

Sie liebte ihn so sehr, dass es sie schon fast zerriss, sich nur vorzustellen, ihm könnte etwas passieren. Selbst nach fünf Jahren Ehe verspürte sie noch immer die gleichen Schmetterlinge und weichen Knie wie an dem Tag, als er sie das erste Mal geküsst hatte. Ein Lächeln entwischte ihrem konzentrierten Ausdruck. Tragödien wie der Verlust eines ungeborenen Kindes konnten ein Paar auseinanderbringen oder enger zusammenschweißen. Bei ihnen war Letzteres der Fall gewesen.

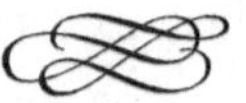

KAPITEL 3

„Sabine", rief eine Stimme, als sie aus dem kleinen Reihenhäuschen trat, in dem sie und Werner lebten.

Sie drehte sich um und sah Lily Kerber, ihre Nachbarin und frühere Klassenkameradin, die ihr zuwinkte. Lily lebte allein, seit ihre Mutter vor einigen Jahren gestorben war. Sabine staunte immer darüber, wie Lily es schaffte, das Haus für sich allein zu behalten, wo so viele andere Ausgebombte zugeteilt bekamen, die bei ihnen lebten.

„Guten Morgen Lily. Wie geht's?"

„Gut, danke. Ich habe Werner vor einiger Zeit nach Hause kommen sehen. Hat er wieder Nachtschicht?"

„Ja. Er wird wohl den ganzen Tag schlafen und dann wieder gehen, wenn ich von der Arbeit heimkomme." Sabine und Lily hielten ab und zu mal einen Plausch, so wie Nachbarn das machten, aber sie waren nie enge Freundinnen gewesen, obwohl sie in der gleichen Straße aufgewachsen und in die gleiche Schulklasse gegangen waren.

Lily war in der Schule beliebt gewesen, diejenige, der alle Jungs nachgestellt hatten, die erste, die weibliche Kurven gezeigt hatte, und die einzige, die es gewagt hatte, in der Öffentlichkeit zu rauchen.

„Das muss so schwer für dich sein." Lily machte mit ihren perfekt geschminkten Lippen einen Schmollmund. „Möchtest du diese Woche mit mir essen gehen?"

Sabine zog die Augenbrauen hoch. Nachdem sie Lily seit fast zwanzig Jahren kannte, war dies das erste Mal, dass sie von ihr eingeladen wurde. „Tja, nun… Werners Arbeitszeiten sind sehr unregelmäßig und ich muss arbeiten…"

„Du hast gesagt, er arbeitet Nachtschicht, also warum sollten zwei einsame Frauen sich nicht gegenseitig Gesellschaft leisten? Wie wär's mit morgen Abend?"

Sabine kippte fast hinten über. Lily war in ihrem ganzen Leben noch nie einsam gewesen. Selbst in der Mittelschule hatte Sabine den Überblick über die vielen Bewunderer in Lilys Leben verloren, und diese Zahl hatte sich seither nicht verringert. Sie wollte nichts Ungehöriges annehmen, da Lily die Männer niemals nach Hause einlud, aber ihre Nachbarin wusste sehr gut, wie man Köpfe verdrehte.

Da ihr kein vernünftiger Grund einfiel, die Einladung abzulehnen, sagte Sabine: „Danke. Ich würde mich gern mit dir treffen und über alte Zeiten reden."

„Gut, ich klingle um sieben. Ich lade dich ein", sagte Lily mit einem breiten Lächeln und winkte mit einer behandschuhten Hand, ehe sie wieder in ihr Haus trat und die Tür schloss.

Sabine schaute ihr einen langen Moment hinterher. „Seltsam. Das war wirklich seltsam", murmelte sie vor sich hin.

Sie schüttelte ihre Bedenken ab und ging zur Bushaltestelle, um auf die Linie zu warten, die sie zur Arbeit brachte. Abends kam sie nach Hause, als Werner gerade seine Uniform für die kommende Nachtschicht anzog.

Lily und ihre Einladung hatten Sabine den ganzen Tag über beschäftigt. Jetzt, wo sie darüber nachdachte, schien ihre Nachbarin ganz unberührt von all dem Elend, mit dem sonst jeder in diesem Krieg zu kämpfen hatte. Heute hatte sie einen auffälligen roten Wollmantel getragen, der bestimmt einen Jahresvorrat an Rationskarten gekostet haben musste. Und im Gegensatz zu Sabines schäbigem alten Mantel hing er auch nicht lose an ihrem wohlgeformten Körper.

Sabine hatte über die Jahre fünf Kilo verloren und Werner scherzte manchmal, dass ihre hervorstehenden Rippen ihm blaue Flecken verpassen würden. Was würde sie nicht für ein paar Kilo mehr auf ihren mageren Knochen geben? Aber in Berlin hatte niemand mehr Fett auf den Hüften.

„Liebling, ich bin zu Hause." Sie ging zu Werner und schlang ihre Arme um seinen Oberkörper. Dann stellte sie sich auf die Zehenspitzen und holte sich ihren Begrüßungskuss ab.

„Ich wünschte, ich könnte bleiben", sagte er. „Aber am Wochenende habe ich frei und ich dachte, wir könnten zum Wannsee gehen. Mal sehen, ob er noch gefroren ist. Dann machen wir einen Spaziergang über das Eis, ja?"

„Das wäre schön." Sabine hielt seinen Nacken fest, um ihm noch einen Kuss auf die Lippen zu drücken. Dieser Tage gab es so wenige Vergnügungen, dass ein Ausflug zum See – selbst im Winter – paradiesisch klang. Sie erinnerte sich an die Einladung zum Abendessen und sagte: „Lily hat mich für morgen Abend zum Essen eingeladen."

Werner sah verwirrt hoch. „Lily Kerber? Unsere Nachbarin?"

„Ja, genau die. Sie hat mich heute Morgen gefragt und sogar angeboten, zu bezahlen. Ich weiß nicht so genau, was ich davon halten soll."

„Vielleicht will sie sich nur mit dir anfreunden?", sagte er und wand sich aus Sabines Umarmung, um sich fertig anzuziehen.

„Nachdem sie mich zwanzig Jahre lang ignoriert hat? Ich weiß nicht." Sabine hielt inne, unsicher, ob sie ihren Verdacht aussprechen sollte. Normalerweise tratschte sie nicht, aber wenn sie mit Lily essen ging, musste Werner Bescheid wissen. Es wäre nicht schicklich, wenn die Frau eines Feuerwehrmanns mit einer Dame von zweifelhaftem Ruf gesehen werden würde. „Ist dir schon mal aufgefallen, dass sie nicht so… knapp dran zu sein scheint wie alle anderen?"

„Wie meinst du das?" Werner setzte die Uniformmütze auf sein kurzes, braunes Haar, und ihr stockte der Atem bei seinem feschen Aussehen.

„Nun, sie trägt immer die neueste Mode. Dinge, von denen der Rest von uns schon nicht mal mehr träumt. Und essen zu gehen und mir auch noch anzubieten, mich einzuladen… das ist irgendwie seltsam."

Werner gab ihr einen Stups auf die Nase. „Du machst dir zu viele Sorgen, Schätzchen. Lily hat sich wahrscheinlich einen hochrangigen Liebhaber geangelt. Ein einflussreiches Parteimitglied wäre in der Lage, ihr all diese Kleider zu schenken, nach denen du dich anscheinend so sehnst, obwohl ich dich sehr gern ohne Kleider mag."

Sabine lief bis unter die Haarspitzen rot an. „Das ist nicht sehr moralisch."

„Ich kann nichts Verwerfliches daran finden, Vergnügen an meiner Frau zu haben", neckte Werner sie und sie spürte, wie ihr noch mehr Hitze ins Gesicht stieg. Es war ja nicht so, dass sie ihre ehelichen Pflichten nicht genoss, aber warum musste er darüber reden?

„Ich meinte nicht uns. Ich meinte Lily, falls es überhaupt das ist, was sie tut." Sabine legte die Hand über den Mund und wagte es nicht, ihrem Mann in die Augen zu sehen.

„Die Zeiten haben sich geändert. So was passiert." Werner lachte sie aus. „Die Leute heiraten nicht mehr unbedingt, nur um das Bett zu teilen, weißt du?"

„Das weiß ich", sagte Sabine und umarmte ihn noch einmal. Sie verweilte lange genug, um sich daran zu erinnern, wie sicher sie sich schon immer in seinen Armen gefühlt hatte. Er war ihr Beschützer, der starke Mann, der auf sie aufpasste. Und wenn sie nicht das Pech gehabt hätte, zwei Fehlgeburten zu haben, wäre sie jetzt glücklich zu Hause und würde sich um ihre kleine Familie kümmern, anstatt in dieser grässlichen Fabrik zu arbeiten und Waffen herzustellen.

„Nun gut. Genieße ein wundervolles Abendessen mit Lily und mach dir nicht so viele Sorgen. Wie viel Geld sie hat, ist nicht dein Problem." Er drückte ihr einen Kuss auf die Lippen, ehe er zur Tür hinausging. „Bis morgen, Schätzchen."

Sabine machte den Haushalt. Putzen, Staub wischen, Wäsche waschen. Und ein Essen für Werner vorbereiten, wenn er nach seiner langen Schicht am frühen Morgen heimkam.

Dann ging sie zu Bett und versuchte, sich nicht um die ungewöhnliche Einladung zu sorgen, die ihre Nachbarin ausgesprochen hatte. Wahrscheinlich war Lily schlicht so einsam wie Sabine und brauchte Gesellschaft.

KAPITEL 4

Sobald Sabine am nächsten Tag von der Arbeit heimkam, klopfte Lily an die Tür.

„Ich bin gerade nach Hause gekommen", sagte Sabine und bat ihre Nachbarin herein. Wie immer wirkte Lily wie eine frivole Schauspielerin in ihrem roten Mantel und dem gleichfarbigen, modischen Hut, aber erst als sie den Mantel auszog, um ihn an der Garderobe aufzuhängen, schnappte Sabine nach Luft. Lily trug ein glänzendes Seidenkleid in Beige- und Kupfertönen, das ihr kupferfarbenes Haar noch stärker leuchten ließ. Das Kleid saß wie angegossen und betonte ihre perfekt gerundeten Brüste und Hüften – ein Luxus, den nach Jahren der Rationierung kaum noch eine Frau besaß.

„Du siehst toll aus", lobte Sabine und fügte hinzu, „mach es dir gemütlich, während ich mich umziehe."

„Lass dir Zeit", sagte Lily und inspizierte Sabines Zuhause. Alle Häuser in der Straße waren gleich aufgebaut: eine Küche und ein kleines Wohnzimmer im Erdgeschoss und zwei winzige Schlafzimmer und ein Bad im Obergeschoss. Aber der Stolz der Besitzer waren die modernen Wasserklosetts direkt neben dem Eingang,

sodass man nicht mehr zum Abort im Hof laufen oder einen Nacht-
topf benutzen musste.

Sabine verschwand nach oben und zog ihr hübschestes
Ensemble an, einen dunkelblauen Zweiteiler mit einem material-
sparenden Bleistiftrock, auch wenn sie wusste, dass sie mit Lily
niemals mithalten konnte. Ein Seidenkleid!

Als sie wieder nach unten kam, sah Lily sich die Fotos von
Werners und Sabines Hochzeit an und fragte: „Werner ist ein sehr
gutaussehender Mann. Wie geht es ihm?"

„Er ist sehr gern Feuerwehrmann, aber …" Sabine stockte im
letzten Moment, bevor sie etwas Belastendes sagte. Es ging
niemanden etwas an, dass Werner die Art, wie die SS in seine
Arbeit eingriff, nicht mochte. „… die Nachtschichten sind
anstrengend."

„Das kann ich mir vorstellen! Auch wenn ich ihn dafür bewun-
dere, dass er Feuerwehrmann geworden ist. Wir brauchen starke
und engagierte Männer, die uns beschützen." Lily stellte das
gerahmte Bild wieder zurück auf die Kommode.

Sabine sah auf das Bild von sich und Werner an ihrem Hoch-
zeitstag und wie immer fingen die Schmetterlinge in ihrem Bauch
an zu flattern.

„Du liebst ihn, nicht wahr?", fragte Lily mit sanfter Stimme.

Überrascht von der plötzlichen Feinfühligkeit ihrer Nachbarin,
sagte Sabine: „Ja. Er ist das Beste, was mir je passiert ist. Ich
könnte mir nicht vorstellen, ohne ihn zu leben."

„Ihr beide seid ein schönes Paar. Sollen wir gehen?"

„Gerne." Sabine folgte Lily zur nächsten Bushaltestelle. „Wo
fahren wir hin?"

„Es ist eine Überraschung, aber ich bin mir sicher, du wirst es
mögen." Lily kicherte.

Weil ihr nichts Besseres einfiel, redete Sabine mit Lily über das
sicherste Thema der Welt: das Wetter. Als Kind hatte sie es immer
seltsam gefunden, dass Erwachsene eine halbe Stunde lang über
das gegenwärtige, zukünftige oder vergangene Wetter reden konn-

ten. Und jetzt griff sie auf die gleiche Taktik zurück, wenn sie nicht wusste, was sie sonst sagen sollte, das Gespräch aber auch nicht in unangenehmes Schweigen abrutschen lassen wollte.

Der Bus kam und obwohl er brechend voll war, benötigte Lily nur ein strahlendes Lächeln, damit ein älterer Herr ihr seinen Platz anbot. Sabine rollte insgeheim die Augen. Für sie machte das nie jemand. Was hatte ihre Nachbarin nur an sich, dass alle Männer nach ihrer Pfeife tanzten?

„An der nächsten Haltestelle müssen wir raus", sagte Lily.

Sobald sie ausgestiegen waren, sah sich Sabine in der wohlhabenden Nachbarschaft um. „Wo sind wir?"

„Charlottenburg. Hier ist eines der besten Restaurants in Berlin." Lily zupfte an ihren Handschuhen und hakte sich dann bei Sabine ein.

Lilys bizarres Benehmen traf Sabine mit einem unangenehmen Stich mitten ins Herz. In den zwanzig Jahren, die sie sich kannten, hatte Lily Sabine noch nie mit einem Funken ihrer Aufmerksamkeit beehrt. Sie hob das Gesicht zum dunklen Himmel und versuchte, das mulmige Gefühl in ihrem Magen zu verdrängen.

„Arbeitest du noch in der Waffenfabrik?", fragte Lily, als sie eine Hausecke umrundeten.

„Ja. Wir haben zurzeit sehr viel zu tun." Sabine seufzte, da sie ungern über ihre langweilige Arbeit sprechen wollte.

„Es klingt nicht, als würde die Arbeit dir viel Spaß machen."

„Es ist wichtig für die Kriegsanstrengungen, also beschwere ich mich nicht. Aber mir würden schon ein paar nettere Dinge einfallen, die ich mit meiner Zeit anfangen könnte."

Lily blieb stehen, starrte Sabine an und brach dann in schallendes Gelächter aus. „Wer würde das nicht? Ich könnte mir nicht vorstellen, Tag für Tag in so einer Fabrik zu schuften wie du."

Sabines Augen weiteten sich.

„Es gibt deutlich einfachere Wege, die Kriegsanstrengungen zu unterstützen. Da sind wir einer Meinung", sagte Lily und ging wieder weiter. „Wir sind fast da."

Einige Minuten darauf hatten sie ihr Ziel erreicht. Ein livrierter Angestellter begrüßte sie am Eingang: „Herzlich willkommen, meine Damen, haben Sie reserviert?"

„Ein Tisch für zwei auf Kerber", erwiderte Lily anmutig und warf dem armen Mann ein charmantes Lächeln zu. Selig ignorierte er Sabine, während er sich fast überschlug, um Lily hineinzubegleiten und ihr aus dem edlen Mantel zu helfen.

Sabine studierte ungläubig die Speisekarte. Dinge, deren Existenz sie schon längst vergessen hatte, prangten darauf. Lamm. Lachs. Orangen. Echter Kaffee. Ihr lief beim bloßen Anblick der Worte schon das Wasser im Mund zusammen.

Nachdem sie bestellt hatten, zog Lily einen eleganten, schwarzen Zigarettenhalter aus ihrer Handtasche und Sekunden später eilte ein Ober an ihren Tisch, um ihr Feuer zu geben. Sie inhalierte tief, lehnte sich zurück und stieß mit einem zufriedenen Lächeln kleine Rauchwölkchen in die Luft.

„Es gibt doch nichts Entspannenderes als eine gute Zigarette", sagte Lily, ehe sie nachdenklich die Augen zusammenkniff. „Möchtest du eine?"

„Nein, danke, ich rauche nicht", sagte Sabine. Abgesehen davon, dass Zigaretten teuer waren und man die Rationen besser für Lebensmittel nutzen konnte, hatte Sabine das Rauchen bei Frauen noch nie gutgeheißen. Es war frivol.

Lily nickte und wechselte dann abrupt das Thema. „Wenn ich richtig informiert bin, hat vor einigen Wochen eine ältere Frau angefangen, bei dir in der Waffenfabrik zu arbeiten. Eine Frau Klausen?"

Sabine sah sie an, verwirrt von der Richtung, die das Gespräch genommen hatte. „Ja. Kennst du sie?"

„Sie ist um einiges älter als die anderen Arbeiterinnen. Scheint sie gut zurechtzukommen?", fragte Lily und ignorierte Sabines Frage.

„Ich denke schon." Sabine mochte ihre neue Kollegin, denn sie war still und stellte keine neugierigen Fragen oder versuchte, von irgendjemandem private Details zu erfahren. Tatsächlich redete Frau Klausen über nichts anderes als die Kindheit ihrer nun erwachsenen Kinder – und das Wetter.

„Aber sie arbeitet neben dir, richtig?", fragte Lily, lehnte sich zurück und zog noch einmal an ihrer Zigarette.

„Ja, das tut sie." Sabine zögerte, unsicher, was sie von diesem Verhör halten sollte. Sie hasste es, persönliche Details preiszugeben, und versuchte, sich nur um ihre eigenen Angelegenheiten zu kümmern. „Warum fragst du? Kennst du sie?"

„Nicht persönlich." Lily sah sich um, beugte sich dann vor und senkte leicht die Stimme. „Ich arbeite für die Regierung und Frau Klausens Name ist auf einer Beobachtungsliste aufgetaucht, als möglicher Volksschädling."

„Was?", rief Sabine aus und schlug dann schnell eine Hand vor den Mund. Dieser Vorwurf war vollkommen unglaubwürdig. Oder vielleicht auch nicht. Selbst wenn es wahr sein sollte, war es Sabine egal. Es ging sie nichts an.

„Ich fürchte, so ist es." Lily beobachtete Sabine unter langen Wimpern, die mit Mascara geschwärzt waren. „Wärst du gewillt, mir Informationen über Frau Klausen zu liefern?"

„Ich? Informationen über Frau Klausen? An dich?" Sabine fühlte sich wie ein Vollidiot, wie sie Lilys Frage wiederholte. „Nein. Frau Klausen geht mich nichts an."

Lily warf ihr einen finsteren Blick zu und rügte sie streng. „So bleibt man in diesen tückischen Zeiten nicht am Leben. Der einzige Weg, sich abzusichern, ist, sich auf die Gewinnerseite zu stellen. Das habe ich getan und nun biete ich dir die Gelegenheit, das Gleiche zu tun. Entweder bist du für die Regierung oder gegen sie. Dazwischen gibt es nichts."

Sabines Kopf fuhr herum, als Lily lange genug schwieg, damit der Ober das Essen servieren konnte. Lily belohnte ihn mit einem genau bemessenen Lächeln und er wanderte selig grinsend wie ein Schuljunge davon. Lily hatte schon immer die Fähigkeit besessen, Männer um den Finger zu wickeln.

Viele Jahre lang war Sabine eifersüchtig gewesen, bis sie sich in Werner verliebt hatte, der zwei Jahre älter war als sie und die gleiche Schule besucht hatte. Der einzige Mann – Junge damals –, der Lilys Charme nie erlegen war. Nicht, dass sie es nicht versucht hätte.

Lily räusperte sich und Sabine stoppte ihre Gedankengänge. „Meine Auftraggeber sind nicht knausrig. Sie belohnen diejenigen, die für sie arbeiten. Das alles“, sie zeigte auf den Tisch mit dem herrlich duftenden Essen, „wäre nicht möglich ohne ihre Großzügigkeit.“ Dann schnitt Lily ihren Lachs auf und spießte ein kleines Stück auf ihre Gabel, ehe sie es in eine Honig-Senf-Soße tunkte.

Sabine folgte ihrem Beispiel. Das Wasser lief ihr im Mund zusammen, noch ehe sie ein Stück Ente mit Orangen-Kastanienfüllung hineingesteckt hatte. Der süßsaure Geschmack glitt über ihre Zunge, während sie sorgfältig das fettige Fleisch kaute.

Eine Zeit lang schien Lily damit zufrieden zu sein, über Essen in jeglicher Form und Geschmacksrichtung zu sprechen. Nachdem sie ihre Mahlzeit beendet hatten, brachte der Ober echten Kaffee und sogar eine Praline aus dunkler Schokolade.

„Also, hast du über mein Angebot nachgedacht? Es ist keine schwere Arbeit und der Führer wird dich dafür belohnen“, sagte Lily und nippte an ihrem Kaffee, während sie mit der anderen Hand den Zigarettenhalter hielt. Sie sah aus wie eine Hollywood Diva.

„Was genau machst du?“ Sabine konnte nicht anders, als zu fragen.

Lily beugte sich vor und flüsterte: „Nun, ich sammele heikle Informationen. Meine Auftraggeber sorgen dafür, dass ich zu den richtigen Feiern und Veranstaltungen eingeladen werde, wo ich den Verdächtigen treffe, normalerweise einen reichen, mächtigen Mann, um herauszufinden, wo seine Loyalität liegt.“

„Und der erzählt dir das einfach so?“

„Natürlich nicht, Dummerchen.“ Lily brach in glockenhelles Gelächter aus und zog damit alle Blicke auf sich. Dann senkte sie ihre Stimme wieder zu einem verschwörerischen Flüstern. „Ein bisschen mehr Einsatz ist schon gefordert, um einen Verdächtigen zum Reden zu bringen. Du ahnst ja nicht, wie viele Informationen so ein Mann ausspuckt, wenn er sieht, dass du *willig* bist.“

Sabine spürte, wie sie von Kopf bis Fuß rot wurde. Sie musste das falsch verstanden haben. Aber so, wie Lily ihre Lippen schürzte, als wollte sie ihr ein Küsschen zuwerfen, gab es nicht viel falsch zu verstehen.

„Ich bin eine verheiratete Frau! So was kann ich nicht tun“, protestierte Sabine schockiert.

Lily grinste sie nur an. „Du wärst überrascht, wozu du alles fähig bist, wenn die Motivation stimmt. Abgesehen davon gibt es noch andere Methoden, um an Informationen zu kommen.“

„Was genau müsste ich tun?“, fragte Sabine und fürchtete die Antwort.

„Nicht viel. Mir nur erzählen, was Frau Klausen sagt und tut. Mit wem sie Umgang hat. Was sie in ihrer Freizeit macht.“

„Ich rede kaum mit ihr, außer über das Wetter und ihre Kinder.“ Sabine verschränkte nervös die Hände in ihrem Schoß, während sie auf die Wand starrte und sich wünschte, nach Hause zu gehen und sich in ihrem Schlafzimmer einzuschließen, bis Werner am nächsten Morgen nach Hause kam.

Lily legte den Kopf schief und schlug vor: „Warum schläfst du nicht eine Nacht über mein Angebot und gibst mir dann eine Antwort? Die Regierung belohnt diejenigen, die ihr helfen, sehr großzügig.“

Sabine nickte, da sie nicht wusste, was sie sonst tun sollte. Wenn das Angebot so großzügig war, warum fühlte sie sich dann wie eine Maus in der Falle?

KAPITEL 5

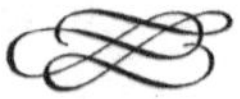

Sabine schlief die ganze Nacht unruhig und wurde von Albträumen geplagt, in denen dunkel gekleidete Männer sie verfolgten und nach Frau Klausen fragten. Am Morgen erwachte sie schweißgebadet. Vor ihrem Bett stand an diesem sonnigen Sonntagmorgen ein großer Mann.

Mit rasendem Herzen brauchte sie fast eine Minute, um die Reste des Traums abzuschütteln und Werner zu erkennen, der gerade von seiner Nachtschicht gekommen war.

„Sabine? Was ist los? Bist du krank?" Er setzte sich neben sie und begann besorgt, ihre kalten Hände zwischen seinen zu reiben. „Sabine, rede mit mir, bitte! Du hast im Schlaf geschrien."

Sie schüttelte den Kopf und schenkte ihm den Hauch eines Lächelns. „Es ist nichts. Ich hatte nur einen schlimmen Traum."

„Ein schlimmer Traum? Sonst nichts?" Er glitt neben ihr unter die Decke und legte die Arme um sie. „Du zitterst noch immer."

Dem konnte sie nicht widersprechen. Sie rang immer noch nach Atem, weil die Bilder der dunkel gekleideten Männer sie bis in die Realität verfolgten… Da Werner nicht nachgeben würde, bis er die Wahrheit aus ihr herausgelockt hatte, beschloss sie, die Katze aus dem Sack zu lassen. „Lily hat mich gebeten, eine Kollegin auszuspionieren, die angeblich ein Volksschädling ist."

Werner sog die Luft ein und sie spürte, wie sein Puls schneller wurde. „Sie will, dass du für die Gestapo spionierst?"

„Sie hat die Gestapo nie namentlich erwähnt, aber ich denke schon. Sie sagte, ich würde für meine Mitarbeit großzügig belohnt werden und würde meinem Land einen wertvollen Dienst erweisen." Sabine drehte sich in seinen Armen, um ihm in die Augen zu sehen. „Werner, ich habe Angst. Ich will mit diesen Leuten nichts zu tun haben."

Er drückte ihre Hände und nickte, seine Stimme ernst. „Das ist auch besser so. SD, SS oder Gestapo – eine Abteilung ist schlimmer als die nächste. Es ist das Beste, einen so großen Bogen darum zu machen wie möglich."

Sie wusste, dass er aus Erfahrung sprach. Bei seiner Arbeit musste er mit diesen Abteilungen oft zusammenarbeiten und selten fand er freundliche Worte über sie.

„Was hast du ihr geantwortet?", fragte er nach langem Schweigen.

„Dass ich darüber nachdenken werde", sagte Sabine und schmiegte sich an seine warme Brust. In seinen Armen fühlte sie sich sicher, in seinen Armen würde sie es sogar mit der Gestapo aufnehmen.

„Das ist gut. Lass sie weiterglauben, dass du über ihr Angebot nachdenkst. Spiel auf Zeit. Vielleicht sollten wir darüber nachdenken, das Land zu verlassen."

Sabine stöhnte auf. „Das ist ein bisschen drastisch, findest du nicht? Niemand wird mir etwas tun, nur weil ich mich weigere, eine Informantin der Gestapo zu werden. Ich habe nichts Falsches getan. Und du auch nicht. Wir sind beide gesetzestreue Bürger, wir haben nichts zu befürchten."

Werner sah sie mit Angst in seinen schönen blaugrauen Augen an. „Die Dinge haben sich geändert. Es ist nicht mehr so, wie es mal war."

„Du denkst, ich irre mich?"

„Ich denke, du bist naiv, wenn du glaubst, dass da nichts dahintersteckt. Ich habe aus erster Hand gesehen, wie diese Verbrecher agieren."

Sabine legte den Kopf wieder auf seine Brust und Werner streichelte ihren Rücken. Sie trug nur ihr Nachthemd und als er eine Hand darunterschob, vergaß sie alles rund um Lilys Angebot. Sie drehte den Kopf, damit er ihre Lippen küssen konnte.

„Ich will dich und da du nicht zur Arbeit musst, können wir uns Zeit lassen", wisperte er gegen die weiche Haut an ihrem Hals. Sabine schnurrte zustimmend und er entledigte sie ihres Nachthemdes, ehe er seine eigenen Sachen auszog und sie zärtlich liebte.

Einige Stunden später, während Werner schlief, bereitete sie eine Mahlzeit zu und trug sie auf einem Tablett nach oben, um ihn zu wecken.

„Ich liebe dich, Schätzchen", sagte er, als er die Augen öffnete und sie dann einlud, sich zu ihm zu setzen und mit ihm zu essen. „Versprichst du mir, dass du bei Lily sehr vorsichtig bist?"

KAPITEL 6

Zwei Tage später berief Sabines Vorarbeiter, Herr Meier, eine Besprechung in der Mittagspause ein. Solche Besprechungen waren selten Quelle guter Nachrichten und die Frauen betraten den Versammlungsraum mit langen Gesichtern.

„Siebenundzwanzig Mitarbeiterinnen haben sich wegen Grippe krankgemeldet", sagte Herr Meier. Sabine stöhnte innerlich, denn sie wusste, was er als Nächstes sagen würde. „Unsere Produktion ist unentbehrlich für den Kriegserfolg. Unsere Soldaten können diesen Krieg nur gewinnen, wenn sie genug Waffen haben. Auch wenn wir unterbesetzt sind, müssen wir deshalb unsere tägliche Quote erfüllen. Deshalb wird jede von Ihnen heute zwei Stunden länger bleiben und morgen eine Stunde früher anfangen."

Niemand jubelte. Aber es beschwerte sich oder stöhnte auch niemand.

„Totaler Krieg! Sieg Heil!", rief er und riss seinen rechten Arm zum Hitlergruß nach oben.

„Sieg Heil!", riefen die Frauen zurück.

Sabine schleppte sich zu ihrem Arbeitsplatz zurück und grummelte vor sich hin, als Frau Klausen sich zu ihr gesellte.

„Es nützt nichts, finster dreinzuschauen, oder? Das ändert gar nichts und wir bekommen ein bisschen was extra in die Lohntüte am Ende der Woche", sagte Frau Klausen mit einem Blick auf Sabines gerunzelte Stirn.

„Eine zehn Stunden Schicht ist anstrengend genug, und jetzt zwingen sie uns, zwölf Stunden zu arbeiten? Wann hört das endlich auf?", sagte Sabine mit vehementem Kopfschütteln, nur um die Hand zu heben und ihre *Sabinewelle* zu prüfen.

„Sie sehen wunderschön aus", sagte Frau Klausen, aber selbst die freundlichen Worte konnten Sabine nicht aufmuntern. Sie knurrte weiter über die furchtbare Arbeit in der furchtbaren Fabrik.

„Frau Mahler, möchten Sie vielleicht über etwas sprechen, was Sie glücklich macht?", schlug Frau Klausen mit einem strahlenden Lächeln vor. Offensichtlich hatte sie die Nase voll von Sabines Genörgel.

„Warum halten Sie sich nicht einfach aus meinem Leben raus?", fuhr Sabine sie an. Sekunden später überrollten sie Schuldgefühle, weil sie der Frau, die nur nett hatte sein wollen, so harsche Worte entgegengeschleudert hatte. Frau Klausen konnte nichts dafür, dass Lily von Sabine verlangte, sie auszuspionieren. Oder doch? Warum musste die ältere Frau sich gegen die Regierung stellen? Und wenn sie schon darauf bestand, Kopf und Kragen zu riskieren, warum musste sie dann hierherkommen und an Sabines Seite arbeiten?

Sie biss die Zähne zusammen und zählte die Minuten, bis ihre Schicht endete und sie nach Hause gehen konnte, um Lily zu sagen, dass sie nicht die Richtige für diese Aufgabe war. Sie konnte es einfach nicht.

Ihre Füße taten weh und sie rieb sich immer wieder den Rücken, um den ziehenden Schmerz direkt über ihrem Steißbein zu lindern. Würde diese grässliche Schicht jemals enden? Während sie so schnell arbeitete wie nur menschenmöglich, ohne sich dabei zu verletzen, erreichte sie endlich ihre erhöhte Quote und schlüpfte aus einem ihrer Schuhe, um mit den Zehen zu wackeln, ehe sie zum Vorarbeiter ging und ihren Bericht abgab.

„Gut gemacht, Frau Mahler", sagte er und warf ihr einen aner-
kennenden Blick zu. „Sie arbeiten nicht nur schnell, sondern auch
präzise. Helfen Sie Ihrer Nachbarin, ihr Soll zu erfüllen und dann
können wir alle gehen."

Sabine trottete zu ihrem Arbeitsplatz zurück. Auf halbem Weg
kam ihr Frau Klausen entgegen und lächelte sie müde an. „Alles
fertig. Ich glaube, Elise muss noch zwei zusammenbauen, dann
sind wir endlich durch."

Sie nickte und seufzte. Wenn Elise etwas schneller arbeiten
würde, anstatt ständig nur zu schnattern, wäre sie schon längst
fertig. Minuten später erklang der Gong, dass die Quote erreicht
war und alle nach Hause gehen konnten.

Gott sei Dank!

Sabine eilte schlecht gelaunt und extrem reizbar aus der Fabrik.
Um die Sache noch zu verschlimmern, jagte ihr ein eisiger Wind
Schneeflocken ins Gesicht, sodass sie die Schultern hochzog und
sich den Schal enger um Hals und Schultern schlang.

Wie sehr sie sich wünschte, irgendwo anders zu sein. In
Spanien, zum Beispiel. Das Land beteiligte sich nicht an diesem
Krieg und Zeitungsartikeln zufolge schneite es dort auch niemals.
Die Spanier mussten keine Rationierungen, Ersatzkaffee und stän-
dige Luftangriffe ertragen.

Trotz des schlechten Wetters schaffte sie es in Rekordzeit nach
Hause, nur um zu sehen, wie Lily genau in dem Moment aus der
Tür trat, als Sabine an ihrem Haus vorbeikam. Sie zog den Kopf
ein und steuerte auf ihre eigene Haustür zu, wobei sie so tat, als
hätte sie die andere Frau nicht bemerkt. Aber Lily trat auf die
Straße hinaus und versperrte Sabine den Weg.

„Hallo Sabine. Wie war dein Tag?"

Sabine blieb stehen und sah zu Lily auf, die unter ihrem leicht
geöffneten dunkelbraunen Zobelmantel ein goldglitzerndes Abend-
kleid trug. Beides zusammen kostete vermutlich mehr, als Werner
in einem Jahr verdiente. Die eingebildete Frau wedelte mit ihrem
langen Zigarettenhalter, als wäre sie eine berühmte Schauspielerin,

direkt der Leinwand entstiegen. „Ich hatte einen sehr langen, ermüdenden Tag."

Lily zuckte mit den Schultern und zog an der Zigarette, bevor sie den Rauch ausblies und Sabine mitleidslos ansah. „Du hast mir noch keine Antwort auf mein Angebot gegeben …"

„Ich habe dir gerade gesagt, dass ich müde bin. Es ist kalt und ich will rein ins Warme." Sabine unterstrich ihr Ansinnen, indem sie auf ihre Haustür zeigte. „Ich will nicht hier draußen im Dunkeln frieren und mit dir reden."

„Was genau der Grund ist, warum du mein Angebot annehmen solltest. Verstehst du es denn nicht? Du wärst nicht so müde. Du müsstest nicht mehr so lange Schichten in der Fabrik arbeiten. Vielleicht müsstest du gar nicht mehr dort arbeiten."

Sabine lachte bitter. „Aber du willst doch, dass ich in der Fabrik arbeite, damit ich meine ahnungslose Kollegin ausspionieren kann. Wenn ich weniger Stunden arbeiten oder kündigen würde, wäre das nicht im Sinn der Sache. Oder?" Sabine schaffte es nicht, den Sarkasmus aus ihrer Stimme herauszuhalten.

„Nun, du müsstest die Informationen über Frau Klausen beschaffen, bevor sie dich kündigen lassen. Aber dann… nun, es gibt genug andere Aufgaben, bei denen du dem Reich von Nutzen sein kannst."

„So wie du?" Sabine spürte, wie die Frustration in ihr emporstieg. Sie würde lieber früher als später aufhören, in dieser verdammten Fabrik zu arbeiten, aber nicht, wenn sie dafür zwielichtige Tätigkeiten für Lilys geheimnisvolle Arbeitgeber ausüben musste.

„Ja. Es gibt immer —"

Sabine schnitt ihr mit einer Handbewegung das Wort ab. „Lily, ich bin nicht so ein Flittchen wie du. Ich verkaufe meinen Körper nicht, um Informationen für die Nazis zu sammeln, damit sie alles verdrehen und jemandes Leben ruinieren können."

Das schrille Aufstöhnen und der empörte Ausdruck auf Lilys Gesicht versprachen Vergeltung, aber Sabines Mitgefühl war schon lange verraucht. Die gesamte aufgestaute Unzufriedenheit dieses zermürbenden Tages platzte aus ihr heraus. „Und da du so erpicht darauf bist, meine Antwort zu hören, hier ist sie: Nein. Ich werde nicht als Informantin arbeiten. Niemals." Mit hektischen Flecken im Gesicht schob sie sich an Lily vorbei und stürmte ins Haus.

Sie knallte die Haustür zu, schob den Riegel vor und lehnte sich keuchend von innen dagegen. Unvergossene Tränen brannten in ihren Augen und drohten überzulaufen. So fand Werner sie einige Minuten später vor.

„Sabine? Was ist passiert?", fragte er mit der sanften Stimme, die sie normalerweise beruhigte und ihr Rückhalt gab. Heute jedoch nicht.

Sie drückte sich von der Tür weg, schüttelte den Kopf und zog Mantel, Schal und Handschuhe aus. Ohne ein weiteres Wort ging sie in die Küche und setzte den Kessel auf.

Erst dann wagte sie es, ihn anzusehen, während sich ein ungutes Gefühl in ihrem Herzen breitmachte. „Ich habe es mit Lily richtig versaut", sagte sie und gab ihm ihre genauen Worte wieder.

Werners Gesicht blieb wie versteinert, ein klares Anzeichen, dass er mehr als nur ein bisschen besorgt war. Als sie ihre Geschichte beendet hatte, sagte er ernst: „Da hast du recht. Die Frau ein Flittchen zu nennen, war vermutlich nicht deine klügste Entscheidung. Vielleicht könntest du rübergehen und dich entschuldigen? Schieb die Schuld auf den üblen Arbeitstag, den du hattest."

„Nein. Nein. Und nochmals nein. Sie ist eine Schlampe – oder Schlimmeres. Ich hätte ihr unmoralisches Verhalten nicht ansprechen sollen, aber ich entschuldige mich nicht bei dieser unmöglichen Person."

Er schwieg einen Moment und hielt ihr dann die Hand hin. „Ich schlag dir was vor: Warum ziehst du dir nicht etwas Bequemes an und ich mache uns einen Tee? Nach dem Abendessen massiere ich dir den Rücken, bis du den ganzen schrecklichen Tag vergisst. Wie klingt das?"

Sabine nahm den pfeifenden Kessel vom Herd und schenkte Werner ein mildes Lächeln. „Du bist so gut zu mir, selbst wenn ich es nicht verdiene. Ich werde darüber nachdenken, mich bei Lily zu entschuldigen."

Werner küsste ihre Stirn und schob sie in Richtung Schlafzimmer. „Nun geh schon."

Bevor sie nach oben ging, um sich ihren Hausmantel anzuziehen, umarmte sie ihn. Ein heißer Tee und eine frühe Nacht schienen die perfekten Mittel gegen den schlimmen Tag zu sein, den sie gehabt hatte.

KAPITEL 7

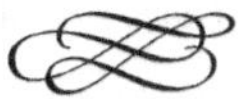

Einige Tage später kam Sabine von der Arbeit nach Hause in der Erwartung, Werner sei schon daheim, aber das Haus war leer. Da er manchmal durch ein Feuer aufgehalten wurde, stellte sie sein Abendessen in den Ofen, um es warm zu halten, und aß allein.

Sie schaltete das Radio auf ihren Lieblingsmusiksender ein, das Wunschkonzert, bei dem die Hörer im Sender anrufen und sich ein Lied wünschen konnten. Mit einem Haufen Bügelwäsche vor sich sang sie die populären Melodien mit und ihre Stimmung verbesserte sich.

Etwa nach der Hälfte der Sendung wünschte sich eine Mutter das Lied *Ich weiß, es wird einmal ein Wunder geschehen* von Zarah Leander für ihren Sohn, der an der Front vermisst wurde.

Können wir nicht alle ein Wunder gebrauchen?, dachte Sabine und wurde von einer Welle der Nostalgie fortgetragen. Sie bügelte Werners Uniformhemden und hängte sie ordentlich in den Schrank. Nachdem sie den ganzen Wäschekorb abgearbeitet hatte, war es schon nach elf Uhr abends, aber noch immer keine Spur von Werner.

Sie beschloss, in der Feuerwache anzurufen und sich nach

seinem ungewöhnlich langen Fortbleiben zu erkundigen. „Hallo, hier spricht Frau Mahler. Wissen Sie zufällig, wo mein Mann ist?"

Die Stimme am anderen Ende unterbrach sie: „Er ist nicht hier."

„Wissen Sie vielleicht, wo er ist? Seine Schicht war vor fünf Stunden vorbei und er ist noch immer nicht zu Hause."

„Es tut mir leid, gnädige Frau, aber ich kann dazu nichts sagen. Alles, was ich weiß, ist, dass er nicht mehr im Dienst ist. Gute Nacht."

Sabine starrte das Telefon an. Ihre Sorge stieg sprunghaft an. „Werner, wo bist du?", fragte sie in das leere Zimmer und bemühte sich, nicht in Tränen auszubrechen.

Nach Mitternacht ging sie zu Bett, aber an Schlaf war nicht zu denken. Bei jedem Geräusch schreckte sie hoch, hoffte und betete, dass ihr Mann durch die Haustür spazieren würde. Sie musste schließlich doch eingeschlafen sein, denn der Wecker riss sie aus ihren Träumen. Schlaftrunken rollte sie auf seine Seite des Bettes – leer. Ihre Augen flogen vor Schreck auf und sie suchte den Raum nach irgendeinem Hinweis seiner Anwesenheit ab. Nichts.

Sie eilte nach unten, aber das Haus war leer. Kein Hut und kein Mantel, außer ihrem eigenen, hing an der Garderobe neben der Haustür. Ihr Herz war so eisig wie ihre Füße auf dem kalten Linoleumboden. Schnell zog sie sich an und vergaß ganz ihre übliche, kunstvolle Frisur. Ohne zu frühstücken, schnappte sie ihre Handtasche, um bei der Feuerwache vorbeizuschauen, ehe sie zur Arbeit antrat.

In dem Moment, als Sabine an ihren Schreibtisch trat, senkte die Empfangsdame den Blick und tat so, als sei sie mit irgendetwas Wichtigem beschäftigt.

„Guten Morgen, Fräulein Schulz."

„Wie kann ich Ihnen helfen?", antwortete die Frau, noch immer, ohne ihr in die Augen zu sehen.

Sabine drehte sich der Magen um. Die Male, die sie Fräulein

Schulz bisher getroffen hatte, war diese immer hilfsbereit und freundlich gewesen. Sie holte tief Luft und fragte: „Mein Mann ist gestern Abend nicht nach Hause gekommen. Wissen Sie zufällig etwas über seinen Verbleib?"

„Es tut mir leid. Er ist nicht hier." Fräulein Schulz zog den Kopf ein und studierte ihre Fingernägel.

Sabine wollte sie an der Kehle packen und schütteln, bis sie etwas sagte. Irgendetwas. *Was ist mit meinem Werner passiert? Und warum willst du mir nichts sagen?*, wollte sie schreien.

Ein Mann in der Schlange hinter ihr sagte: „Gnädige Frau, hier warten noch andere." Sie trat zur Seite und ließ die nächste Person ihr Anliegen vorbringen. Da sie nichts weiter tun konnte, ging sie mit gebeugten Schultern zum Ausgang, bis sie einen Kollegen ihres Mannes entdeckte. „Hallo Ernst."

Er winkte ihr mit düsterem Gesicht zu und schüttelte ihr die Hand, während er leise sagte: „Stell keine Fragen. Vergiss die Sache."

Bei diesen Worten sog sie erschrocken die Luft ein und wusste nichts zu erwidern.

„Denk an deine eigene Sicherheit und komm nie wieder hierher", flüsterte er, bevor er aus dem Raum eilte und Sabine wie betäubt zurückließ.

Stell keine Fragen? Vergiss die Sache? Wir reden hier von meinem Ehemann, nicht von irgendeinem Fremden! Sabine fürchtete, dass ihre Knie den Dienst versagen würden, und sie nahm ihre letzten Energiereserven zusammen, um sich aufzurichten und aus dieser verdammten Feuerwache zu gehen, als wäre nichts geschehen, während in Wahrheit ihr gesamtes Leben um sie herum zusammenbrach.

Werner war verschwunden und diese Leute wussten mehr, als sie zugaben. Sie liebte ihn. Wie konnte sie ihn einfach vergessen? Ihn im Stich lassen? Er würde das niemals tun. Tränen der Verzweiflung füllten ihre Augen.

Gerade als sie die Stufen vor dem Gebäude herunterging, packte jemand ihren Ellbogen und zog sie auf den Bürgersteig.

„Sagen Sie nichts“, flüsterte er und schlug ein hohes Tempo an.

Sie warf dem Mann an ihrer Seite einen Blick zu und erkannte Werners Vorgesetzten. Ihr Puls erreichte ein hämmerndes Stakkato, aber irgendwie schaffte sie es, ihr Gesicht teilnahmslos und ihren Mund geschlossen zu halten, bis sie die nächste Ecke in eine kleine Seitengasse umrundet hatten. „Ich verstehe nicht, was los ist.“

Der ältere Mann sah sie mitfühlend an und sagte: „Die Gestapo ist gestern gekommen und hat Werner geholt.“

Sabine legte erschrocken eine Hand über den Mund, um den Schrei zu dämpfen, der ihr entfahren wollte. Tränen stiegen ihr in die Augen und sie schüttelte den Kopf. „Warum?“

„Das Warum spielt normalerweise keine Rolle. Ich empfehle Ihnen, nichts Dummes zu tun. Sie können nichts machen, um ihm zu helfen, aber Sie können sich selbst in Sicherheit bringen. Ziehen Sie in Betracht, die Stadt für eine Weile zu verlassen. Werner würde wollen, dass es Ihnen gut geht …“

„Das kann ich nicht tun. Da muss ein Fehler vorliegen. Kann denn niemand mit denen reden?“

„Niemand legt sich mit der Gestapo an. Gehen Sie zur Arbeit und verhalten Sie sich ganz normal. Stellen Sie keine Fragen.“ Damit trat er aus der Gasse und verschwand zurück in die Feuerwache.

Sabine wartete ein paar Minuten, in denen sie versuchte, den Ärger herunterzuschlucken, der in ihr aufwallte. Wie konnten alle danebenstehen und wegsehen? Werner hatte mit diesen Menschen so viele Jahre zusammengearbeitet. Manche nannte er sogar Freunde, und sie waren bereit, ihn ohne weitere Fragen im Stich zu lassen?

Sie erlaubte ihrem Zorn, ihre Schritte zu beschleunigen, während sie zur Fabrik ging. Als sie am Tor ankam, warf sie einen Blick auf ihre Armbanduhr. *Wieder zu spät.* Sie hatte nur noch vier

Minuten, um sich umzuziehen und an ihrem Platz zu sein, ehe die Schicht begann.

In ihrer Eile bemerkte sie den ominösen Mann, der den Eingang zur Fabrik blockierte, nicht, bis sie fast mit ihm zusammenstieß.

KAPITEL 8

„Es tut mir leid, ich habe Sie gar nicht gesehen", sagte sie mit einem entschuldigenden Lächeln.

„Sabine Mahler?"

„Ja. Warum?", erwiderte Sabine angespannt und misstrauisch.

Der Mann deutete auf ein schwarzes Fahrzeug, das am Straßenrand geparkt war. „Gestapo. Sie müssen mit mir kommen."

Brutale Angst durchflutete ihren Körper und machte es ihr unmöglich, seinem Befehl Folge zu leisten. Aus Gewohnheit hob sie die Hand, um zu prüfen, ob ihre elegante Frisur noch saß, obwohl ihr dabei die Knie schlotterten. Normalerweise wellten sich große Ringellocken von ihrem Gesicht nach hinten und kreierten eine Eleganz, die den Filmschauspielerinnen Konkurrenz machte. Ein gutes Dutzend Haarnadeln hielt den Rest der Haare in ihrem Nacken festgesteckt, was die Raffinesse der Frisur nur hervorhob. Die perfekten Wellen und hochgesteckten Locken waren zu ihrer einzigen Extravaganz im deprimierenden Leben inmitten des kriegsgebeutelten Berlins geworden.

Ihre Hand fand jedoch nur einen strengen Dutt im Nacken. Sie bemerkte es kaum. Keine ihrer früheren Sorgen waren noch wichtig. Sie hatte ihre eigenen Regeln verletzt und ihre Nase in Dinge gesteckt, die man besser in Ruhe ließ. Und jetzt wurde sie die Geister, die sie mit ihrem Besuch auf der Feuerwache heraufbeschworen hatte, nicht mehr los.

„Frau Mahler? Brauchen Sie eine Extraeinladung?", fragte der Gestapobeamte mit einer Bewegung seiner rechten Hand in Richtung seiner Hüfte.

„N… n… nein. Ich komme." Sabine schaffte es irgendwie, ihre Beine zu sortieren und zu dem schwarzen Fahrzeug zu gehen. Es gab nirgendwo eine Anleitung dafür, wie man sich verhalten sollte, wenn die Gestapo eine *Einladung* aussprach. Aber sie ging davon aus, dass ihre beste Überlebenschance darin bestand, vollständig mit allem zu kooperieren, was dieser Mann von ihr wollte.

Er öffnete die hintere Tür des Wagens und befahl: „Einsteigen."

Sabine kletterte hinein. Die Panik sickerte tief in ihre Knochen, als er ihr folgte und sich neben sie setzte.

„Hauptquartier", befahl er dem Fahrer und innerhalb von Sekunden raste das Automobil die Straße entlang. Fahrräder wichen hastig aus, als sie den Wagen kommen hörten, und Sabine bildete sich ein, die Angst in den Gesichtern der Passanten zu sehen.

Sie rückte so weit von dem Mann neben ihr weg, wie es die Enge des Rücksitzes erlaubte. Einen flüchtigen Moment lang erwog sie sogar, aus dem fahrenden Automobil zu springen.

Aber das wäre kontraproduktiv. Sie hatte die Feuerwache nicht aufgesucht, weil sie sich in die Politik einmischen wollte, sondern weil ihr geliebter Ehemann verschwunden war. In einem sinnlosen Versuch, ihr Zittern zu kontrollieren, verschränkte sie die Hände im Schoß. Ihr Atem kam stoßweise und sie begann, bis fünfzig zu zählen, und dann noch einmal.

Der Mann neben ihr schien ihre Qualen bemerkt zu haben, obwohl er daran gewöhnt sein musste, überall Schrecken zu verbreiten, und sagte: „Mein Chef will nur mit Ihnen reden. Vorerst."

Sabine schluckte. Schwer. Seine lapidare Aussage hatte sie kein bisschen beruhigt. Ganz im Gegenteil, es hörte sich wie eine versteckte Drohung an. Während sie wieder zählte, rasten ihre Gedanken schneller, als das Fahrzeug durch die zerstörten Straßen Berlins sauste. Sie versuchte sich selbst davon zu überzeugen, dass kein Grund zur Panik bestand. Noch nicht jedenfalls.

Vielleicht stimmten die Gerüchte gar nicht? Vielleicht war die Gestapo gar nicht voller Schläger und Rüpel, wie jeder behauptete. Sabine erstickte fast an ihrer Grübelei.

Die Gestapo erfüllte jeden deutschen Bürger mit Angst und Schrecken, und aus gutem Grund. Werner hatte eine Vielzahl von grausigen Anekdoten über die Gräueltaten erzählt, die sie an unschuldigen und ahnungslosen Menschen verübt hatten. Und jetzt war ihr geliebter Mann in den Klauen dieser abartigen Monster. Sie musste stark sein.

Für ihn.

Sie hielt ihre Hände eng verschränkt, während sie durch die Stadt fuhren, aber ihr gesamter Körper zitterte und verriet damit, wie heftig ihre Angst war. Endlich hielt der Fahrer an und Sabine sah aus dem Fenster, direkt auf das graue Gebäude mit dem kunstvollen Stuck über den Fenstern und dem pompösen Eingang.

Die äußerliche Schönheit des Gebäudes stand in krassem Gegensatz zu der Furcht, die es bei allen auslöste, die nicht dort arbeiteten. Prinz-Albrecht-Straße 8. Gestapo Hauptquartier. Sabine war zu jung, um sich daran zu erinnern, aber vor 1933 war das herrliche Gebäude eine Kunstschule gewesen – eine Verwendung, die wesentlich besser zu seinem Prunk passte.

„Aussteigen", sagte der Gestapobeamte.

Mit hämmerndem Herzen bemühte Sabine sich, aus dem Fahrzeug zu steigen, ohne vor Nervosität zu stolpern. Sie schaffte es dem Mann mit Trippelschritten zu folgen, den Kopf hoch erhoben, ein Lächeln in ihr Gesicht geklebt, um etwaigen Passanten vorzugaukeln, dass ihre Ankunft hier nichts Ungewöhnliches war und sie nicht etwa wie ein Lamm zur Schlachtbank geführt wurde.

Die riesigen Holztüren öffneten sich und die Pracht der Eingangshalle verschlug ihr den Atem. Unter anderen Umständen hätte sie die glänzenden Marmorböden bewundert, die hohen, kunstvoll mit Stuck verzierten Decken, und die breiten Holztreppen, von Jahrzehnten der Benutzung blank poliert.

Der Beamte führte sie durch lange Flure mit verschlossenen Türen und über mehrere Treppen bis ins Dachgeschoss. Mit jedem Schritt zog sich Sabines Magen enger zusammen, bis sie nach Luft rang. Sie hob die Hand, um ihre kunstvolle Frisur zu berühren, nur um sich daran zu erinnern, dass sie noch munter und lebendig war – noch. Aber sie fand nur den unordentlichen Dutt, die Verkörperung ihrer momentan misslichen Lage.

Das Dachgeschoss wies keine Anzeichen von Prunk oder Pracht auf. Es war schwach beleuchtet und hatte geschlossene Metalltüren. Eine unheimliche Stille herrschte, die voller Schatten gequälter Seelen zu sein schien. Sabine war eigentlich nicht abergläubisch, aber hier und jetzt spürte sie die Anwesenheit einer wütenden Energie.

Ihre Hand rutschte vom Kopf zu ihrem Herzen, als sie einen markerschütternden Schrei hörte, der hinter einer der Türen hervordrang. Sie wollte den Grund für diese Höllenqual lieber nicht wissen und kniff die Lippen zusammen, um ihr Erschrecken zu maskieren, während sie sich innerlich verfluchte, dass sie so dumm gewesen war, das Verschwinden ihres Mannes zu hinterfragen.

Der Beamte öffnete eine Tür und schubste sie in einen kleinen Raum, der nicht mehr enthielt als einen Tisch und zwei Stühle. Eine einsame Glühbirne baumelte direkt über ihrem Kopf von der Decke und beleuchtete den fensterlosen Raum mit einem harschen, unnachgiebigen Licht.

„Setzen", sagte er und verschwand. Die Tür schloss er hinter sich ab.

Sabine lief es eiskalt den Rücken herunter, als sie sich setzte und die grauen Wände anstarrte, die mit Flecken übersät waren. Blutflecken.

Sie sah auf ihre Armbanduhr. Ihr Vorarbeiter war gewiss stinkwütend, dass sie nicht zu ihrer Schicht erschienen war. Sollte sie das der Gestapo sagen? Für den Fall, dass jemals jemand kam, um mit ihr zu reden.

Nachdem sie ungefähr hundertmal auf die Uhr geschaut hatte, waren erst weniger als dreißig Minuten vergangen. Ihr linkes Bein zitterte unaufhörlich und sie konnte es nicht stoppen. Was noch schlimmer war, auch ihr linkes Augenlid begann zu zucken. Zwei weitere Minuten verstrichen und kein Geräusch und auch keine Person kamen in den Raum. Würde man sie hier verrotten lassen?

Sie stellte sich bereits vor, wie ihre verdorrte Leiche in ein paar Tagen hier herausgeschleift werden würde. Noch eine Minute verging. Die Warterei zermürbte ihre Nerven und verwandelte sie in ein nervöses Wrack. Sie verlegte sich wieder aufs Zählen. Langsam, gleichmäßig atmen und zählen. Eins – zwei – siebenhundertfünfundsechzig – viertausendzweihunderteinundachtzig –

Die Tür öffnete sich mit einem Knarzen und sie fuhr zusammen.

„Kriminalkommissar Becker. Sie wollten mich sehen?“ Der Gestapobeamte sah sie mit kalten grauen Augen an.

Sabine hätte angesichts seiner Dreistigkeit am liebsten geschrien, aber sie riss sich zusammen und sagte: „Worum geht es bitte?“

Becker nahm ihr gegenüber Platz, stützte die Ellbogen auf den Tisch und legte die Fingerspitzen unter dem Kinn zusammen. Er sah sie lange unverwandt an, ehe er sprach.

„Ich bin hier, um Ihnen ein Angebot zu machen.“

„Ein… Angebot? Ich verstehe nicht.“

Er lächelte kalt. „O doch, ich denke, das tun Sie, aber wir können dieses kleine Spielchen gern bis ganz zum Ende spielen. Wir benötigen Ihre Hilfe in einem heiklen Fall.“

„Meine Hilfe?“ Sabine hatte das Gefühl, in einem Albtraum

gefangen zu sein, während die Worte des Kriminalkommissars wie durch Watte zu ihr durchdrangen.

„Ja. Wir brauchen Informationen. Ich glaube, Ihre Nachbarin, Fräulein Kerber, hat das Thema bereits mit Ihnen besprochen."

Sabine spürte, wie sie unter seinem lauernden Blick rot anlief. Die Erinnerung an den hässlichen Zwist mit Lily war ihr unangenehm. Werner hatte wie immer recht gehabt. Sie hätte Lily nicht Flittchen nennen sollen. Tatsächlich war die Frau tausendmal schlimmer als ein Flittchen, denn zweifelsohne war *sie* verantwortlich dafür, dass sowohl Werner als auch Sabine sich jetzt im Gewahrsam der Gestapo befanden.

„Sie erwähnte etwas darüber, für die Regierung zu arbeiten", presste Sabine zwischen zusammengebissenen Zähnen hervor.

„Fräulein Kerber ist eine gute deutsche Bürgerin und Sie sollten ihren Fußstapfen folgen und für uns arbeiten." Er studierte ihr Gesicht und sagte dann: „Sie sollen dadurch keine Nachteile haben. Die Partei ist großzügig ihren Unterstützern gegenüber."

Die Hitze in ihrem Gesicht intensivierte sich, als sie an die Art von *Arbeit* dachte, die Lily für die Gestapo erledigte. „Ich… ich bin eine verheiratete Frau."

Er warf ihr einen amüsierten Blick zu. „Das können wir ändern, wenn Sie darauf bestehen."

Sabine riss entsetzt die Augen auf und schüttelte vehement den Kopf. „Nein. Nein, bitte nicht."

„Alles wäre so viel einfacher gewesen, wenn Sie Fräulein Kerbers Angebot angenommen hätten. Aber da Sie das nicht getan haben, hatten wir keine andere Wahl, als Ihnen einen Anreiz zu bieten." Das Lächeln auf seinem Gesicht erreichte plötzlich seine Augen, als hätte er wirklich Freude an dieser Situation.

„Einen Anreiz?"

„Ja. Ihr Mann ist unser Gast und ich bin gewillt, sein Leben gegen Ihre Mitarbeit einzutauschen."

„Sie haben meinen Mann? Kann ich ihn sehen?" Sabine sprang

von ihrem Stuhl auf, ließ sich aber wieder fallen, als ihr bewusst wurde, dass sie preisgab, wie viel Werner ihr bedeutete.

„Ich fürchte nicht. Sie haben nichts getan, um so eine Belohnung zu verdienen. Sobald Sie mir die gewünschten Informationen liefern, überlege ich es mir vielleicht anders." Er sah sie erwartungsvoll an.

„Aber woher soll ich wissen, ob er noch lebt?", fragte Sabine, trotz des Bebens, das ihren ganzen Körper erfasste.

„Da werden Sie mir vertrauen müssen, Frau Mahler. Er lebt. Noch. Aber sein Schicksal liegt ganz in Ihren Händen." Eine Weile herrschte Schweigen im Raum, bis er wieder die Stimme erhob. „Ich brauche Ihre Antwort. Jetzt."

Sabine starrte ihn an und erwartete halb, dass er sie schlagen würde, aber er schaute sie nur mit einem grausamen Lächeln an. Offensichtlich genoss er dieses Katz- und Mausspiel immens. Schon bald siegte die Angst in ihrem inneren Kampf und sie senkte den Blick. Nachdem sie mehrmals Luft geholt und verzweifelt versucht hatte, ein Quäntchen Kontrolle über ihre Gefühle zu erlangen, fragte sie: „Was muss ich tun?"

Ein siegessicherer Funke glomm in Beckers Augen auf. „Eine gute Entscheidung. Wie Fräulein Kerber bereits erklärt hat, müssen Sie eine besonders verschlagene Widerstandsgruppe infiltrieren und uns die Namen der Anführer geben. Dann übernehmen wir."

Ein winziger Teil von ihr hoffte noch immer, dass sie einen Albtraum hatte und bald aufwachen würde, aber dieser grausame Sadist, der ihr gegenüber am Tisch saß, war so real wie die gedämpften Schreie hinter den Stahltüren.

Die letzten zehn Jahre hatte sie den Kopf eingezogen und sich um ihre eigenen Angelegenheiten gekümmert, überzeugt, dass vorsichtiges Verhalten sie aus allen Problemen heraushalten würde. Und plötzlich wurde sie mitten in eine Verschwörung geworfen, in der die Gestapo, eine verschlagene Widerstandsgruppe und ihre frühere Klassenkameradin die Hauptrollen spielten. Um Himmels willen, sie war keine Spionin. Sie war eine einfache Hausfrau, die mit ihrer Arbeit in der Waffenfabrik die Kriegsanstrengungen unterstützte.

„Wie komme ich in Kontakt mit diesen Staatsfeinden? Und werden sie mir gegenüber nicht misstrauisch sein?", fragte sie, noch immer völlig schockiert.

„Fräulein Kerber hatte recht, Sie sind eine intelligente Frau", sagte Becker und machte sich einige Notizen auf einem Blatt Papier. Sabine war sich nicht sicher, ob sie auf sein Kompliment eingehen sollte oder nicht. Tatsächlich war sie sich über gar nichts sicher, außer dass sie alles in ihrer Macht Stehende tun würde, um ihrem Mann das Leben zu retten.

„Sie müssen sich mit Frau Klausen anfreunden. Wir vermuten, dass sie die Schlüsselfigur in dieser Gruppe ist."

Sabine schnappte nach Luft. „Diese harmlose, ältere Frau? Die ist eine Staatsfeindin?"

„Sie mag vielleicht harmlos aussehen, aber in Wirklichkeit ist sie eine hinterlistige, bösartige Frau, die gegen das Regime konspiriert", sagte Kriminalkommissar Becker. „Was wissen Sie über sie?"

„Nicht viel. Sie fing vor einiger Zeit in der Fabrik an. Sie arbeitet auf der Station neben mir und hatte anfangs Schwierigkeiten, sich einzugewöhnen, weil sie als Mutter von vier Kindern noch nie zuvor außer Haus gearbeitet hat ..." Sabine warf ihm einen vorwurfsvollen Blick zu, ehe sie fortfuhr: „Ich habe ihr ein paar Tipps gegeben und nach der ersten Woche hatte sie es raus und erfüllt jetzt immer ihre Quote."

„Es ist ein unglücklicher, wenn auch vorübergehender Rückschlag, dass Mütter außerhalb ihres Heims arbeiten müssen, um die Kriegsanstrengungen voranzubringen. Aber Frau Klausens Kinder sind erwachsen und mindestens eine ihrer Töchter ist an der abscheulichen Konspiration gegen die Grundfesten unserer Nation beteiligt.

Sabine fragte sich, welche grauenhaften Taten Frau Klausen begangen hatte. Sie konnte sich nicht vorstellen, dass die freundliche Frau irgendjemandem Schaden zufügen würde. „Wenn Sie wissen, dass sie eine Staatsfeindin ist, warum verhaften Sie sie nicht einfach?"

Becker warf ihr einen harten Blick zu, der sie erschauern ließ. „Mir scheint, Sie sind doch nicht so intelligent. Frau Klausen ist uns egal. Sie ist ein kleiner Fisch. Wir wollen die Anführer dieser ruchlosen Organisation. Verstanden?"

„Ja, Herr Kriminalkommissar", brachte Sabine heraus, bevor ihre Stimme versagte.

„Sie werden sich mit Frau Klausen anfreunden, ihr Vertrauen gewinnen, und alles an Fräulein Kerber berichten, was Sie herausfinden. Jedes kleinste Detail könnte wichtig sein, ganz egal wie unbedeutend."

An Lily Bericht erstatten? Sabine spürte, wie der Ekel sich wie ein dicker Kloß in ihrem Hals festsetzte, aber sie nickte zustimmend und stellte dann die Frage, die auf ihrer Zunge brannte: „Und mein Mann? Werden Sie ihn freilassen, wenn ich diese… Aufgabe erfüllt habe?"

Becker legte den Kopf schief. „Das habe ich gesagt. Wenn Sie gute Arbeit leisten, werden Sie ihn wohlbehalten zurückbekommen."

„Ich tue alles, was Sie wollen. Bitte, töten Sie ihn nicht", sagte Sabine, bevor sie ihr leidenschaftliches Flehen abmildern konnte. Aber er kannte vermutlich ihre Gefühle bereits. Das zufriedene Grinsen auf seinen Lippen hatte ihn verraten. Er ging zur Tür und bedeutete ihr, ihm zu folgen.

„Wo gehen wir hin?"

„Ich werde Sie zurück zur Fabrik bringen, es sei denn, Sie möchten die sechs Kilometer lieber laufen."

Sie wollte zwar keinen Moment länger in seiner Nähe verbringen, aber den ganzen langen Weg zurücklaufen wollte sie auch nicht. Wenn er sie zur Arbeit brachte, wäre sie wenigstens zur zweiten Hälfte ihrer Schicht dort. Während sie hinter ihm die langen Gänge des Gestapo-Hauptquartiers entlangeilte, grüßte er mehrere andere Männer, die dort zu arbeiten schienen.

„Erfolg gehabt?", fragte ein dunkelhaariger Mann.

Becker antwortete mit einem Lachen: „Wenn man sie nicht mit Angst oder Schmerzen bricht, dann funktioniert die Liebe zu einem Familienmitglied immer."

Sabine spürte, wie Wut sie erfasste. Für ihn war es nicht mehr als ein Teil seines grauenhaften Spiels, ihren Mann gefangen zu halten. Was für ein abartiges Monster war er?

Sie ahnte, dass Werners Geschichten über die Gestapo sie noch in einem zu guten Licht hatten erscheinen lassen. Die eisige Hand der Verzweiflung umklammerte ihr Herz. Konnte sie dem Versprechen eines Gestapobeamten überhaupt Glauben schenken? Wie um alles in der Welt war ihr Leben nur so aus den Fugen geraten?

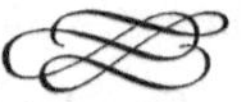

KAPITEL 9

„Frau Mahler!", rief eine grimmige Stimme, als sie versuchte, ungesehen an ihren Arbeitsplatz zu kommen.

Sie drehte sich um und sah ihren Vorarbeiter, Herrn Meier, zwei Schritte von ihr entfernt stehen, die Arme vor der Brust verschränkt und so bedrohlich wie ein Drache. „Wo waren Sie den ganzen Morgen?"

„Es tut mir leid, gerade als ich heute Morgen zu meiner Schicht hier ankam, ist …" Sie stoppte und beschloss, besser niemandem zu erzählen, dass die Gestapo sie dazu erpresst hatte, für sie zu arbeiten. Ihre Gedanken rasten und sie griff nach der ersten plausiblen Idee: „… ist ein Polizist gekommen, um mir zu sagen, dass mein Mann in einen Unfall verwickelt war. Er hat mich gebeten, sofort mit ihm zu kommen. Ich entschuldige mich, ich war zu schockiert, daran zu denken, Ihnen Bescheid zu geben." Es war nicht schwer, besorgt über den Zustand ihres Mannes auszusehen. Immerhin war er in Gestapogewahrsam.

Herr Meier starrte sie eine Weile aufgeplustert an, bis er wieder auf normale Größe zu schrumpfen schien. „Geht es Ihrem Mann gut?"

„Den Umständen entsprechend, ja. Ich werde alles tun, damit er wieder gesund wird“, sagte Sabine und faltete die Hände.

„Gut. Wenn Sie noch einmal wegmüssen, sagen Sie mir erst Bescheid. Unsere Arbeit hier ist sehr wichtig für den Kriegserfolg und muss für uns alle oberste Priorität haben. Für heute erlaube ich Ihnen zu gehen, wenn Sie die Hälfte Ihrer Quote erfüllt haben. Aber es ist das erste und einzige Mal, und auch nur, weil Ihr Mann bei der Feuerwehr ist.“

„Vielen Dank, Herr Meier.“ Sabine eilte an ihre Arbeitsstation und begann die mühselige Arbeit, Waffen zusammenzubauen. Zum ersten Mal, seit sie in der Fabrik arbeitete, war sie froh, dass sie bei ihrer Aufgabe nicht zu denken brauchte. So hatte sie Zeit, über ihre desolate Situation nachzudenken.

Aber wie auch immer sie es drehte und wendete, es gab keinen Ausweg. Werner war in den Händen der Gestapo und sie musste zur Informantin werden, wenn sie wollte, dass er lebte. Ein Kloß setzte sich in ihren Hals und drohte, ihr die Luft abzuschnüren. Ihre Situation war zum Verzweifeln.

Obwohl, was konnte es schaden, ein paar freundliche Worte mit Frau Klausen zu wechseln und Lily diese unverbindlichen Gespräche weiterzugeben? Mit dieser Idee im Hinterkopf brachte sie sogar ein kleines Lächeln zustande.

Ein Grummeln in ihrem Magen deutete an, dass es Mittagszeit war, und sie wagte einen Blick auf die Uhr an der Wand über dem Büro des Vorarbeiters. Halb drei. Die Mittagspause war längst vorüber. Ein weiteres, kräftigeres Knurren erinnerte sie daran, dass sie auch das Frühstück ausgelassen hatte.

Als endlich der Gong die Nachmittagspause einläutete, sauste Sabine zu ihrem Spind, nur um festzustellen, dass sie heute morgen in ihrer Eile vergessen hatte, eine Brotzeit einzupacken. Ihr Magen würde weiterknurren müssen, bis sie am Abend nach Hause kam.

Ein schrecklicher Gedanke kam ihr. In ein leeres Haus zurückkehren, wissend, dass Werner irgendwo in einer Gefängniszelle in dem schauerlichen Gebäude in der Prinz-Albrecht-Straße saß.

„Ich habe Ihr Gespräch mit Herrn Meier gehört", sagte Frau Klausen mit einem warmen Lächeln. „Wenn ich etwas für Sie tun kann, sagen Sie es mir bitte."

Sabine starrte sie mit kaum verhohlenem Hass an. *Als Erstes könntest du dich der Gestapo stellen und ihnen sagen, sie sollen meinen Mann freilassen.*

Frau Klausen schien den Hass jedoch als Trauer zu verstehen und legte Sabine eine Hand auf den Arm. „Ich werde für Ihren Mann beten."

„Er… lebt", stammelte Sabine und überlegte, ob sie der älteren Frau die Wahrheit sagen sollte. Aber wie würde das helfen? Stattdessen ergab sie sich in ihre neue Rolle als Gestapo-Informantin und brachte ein Lächeln zustande. „Danke. Ihre Freundlichkeit bedeutet mir viel. Vielleicht können wir uns nach der Schicht etwas unterhalten?"

Frau Klausen nickte, warf ihr aber einen misstrauischen Blick zu und vermied es den Rest des Nachmittags, mit Sabine zu reden. Offensichtlich hatte sie Sabines verzweifelten Versuch bemerkt, sich mit ihr anzufreunden. Oder sie fand es schlicht seltsam, dass Sabine auf einmal freundlich sein wollte, nachdem sie die letzten Wochen so reserviert gewesen war – oder sie wusste von der Gestapo …

Eisige Schweißtropfen rannen ihren Nacken herunter und brachten sie dazu, die Schultern hochzuziehen. Mangels einer anderen Beschäftigung suchten ihre Finger nach den perfekten Rollen und Locken, um sich die Normalität ihres Lebens in Erinnerung zu rufen. Doch sie wurde sich nur ihrer wirklich außergewöhnlichen Situation bewusst, denn ihre Finger fanden lediglich den am Morgen eilig gedrehten Dutt. Tränen stiegen ihr in die Augen, als die Erkenntnis sie traf. Ihr ganzes Leben brach um sie herum zusammen. Es war nur eine blöde Frisur. Aber diese Frisur war der letzte Fetzen eines glücklicheren Lebens vor dem Krieg.

Nach ihrer Schicht kehrte sie heim, in ein leeres Haus, in dem jedes noch so kleine Detail an Werner erinnerte. Das Wissen, dass er Gefangener der Gestapo war, legte sich wie ein eisernes Band um ihr Herz und sandte Schmerzschübe durch ihren Körper, die sie kaum atmen ließen.

Sie kochte eine Tasse Tee und setzte sich mit einer warmen Decke um die Schultern auf das Sofa. Reglos saß sie da und starrte mit feuchten Augen die Wand an, bis sie schließlich einschlief. Ihre Träume waren voller grässlicher Bilder von Folter und Schmerz. Und Lily mit einem süffisanten Lächeln im Gesicht, ihre modischen Kleider und Pelze ein Zeugnis ihres Bündnisses mit dem Reich. Als Sabine sie um Hilfe anflehte, zog Lily an der Zigarette in dem langen Halter und lachte sie aus. „Ich wette, du wünschst dir jetzt, du hättest mich nicht Flittchen genannt."

Sabine wachte mit einem Ruck auf und streckte den Arm zur Seite aus, nur um festzustellen, dass sie noch auf dem Sofa saß. Sie wusste, dass sie nach oben gehen sollte, konnte den Gedanken aber nicht ertragen, allein in dem Ehebett zu schlafen, das sie mit Werner geteilt hatte. Sie fürchtete, ihn nie wiederzusehen.

KAPITEL 10

Den normalen Alltag zu bestreiten nahm Sabine stark mit. Seit sie zu Kriminalkommissar Becker zitiert worden war, waren einige Tage vergangen, aber sein grausamer, mitleidloser Blick verfolgte sie, wo sie ging und stand. Sie zuckte bei jedem Geräusch zusammen, aus Angst, er oder seine Gefolgsleute könnten sie wieder holen kommen.

Sich mit Frau Klausen anzufreunden, erwies sich schwieriger als erwartet. Zum einen war Sabine kein Gesellschaftsmensch und hatte nicht viel Erfahrung damit, wie man Menschen näherkam. Das war immer Werners Aufgabe gewesen. Und während Frau Klausen freundlich und warmherzig war, sprach sie niemals über irgendetwas Persönliches, mit Ausnahme der Geschichten ihrer Kinder von früher.

Die reservierte Haltung der älteren Frau ließ Sabine bezweifeln, dass sie jemals die Art von Freundinnen wurden, auf die das Reich hoffte.

Der Sonntagmorgen kam und Sabine nutzte ihren einzigen freien Tag dazu, das kleine Haus zu putzen. Sie wischte gerade den Küchenboden, als jemand laut an die Tür klopfte. *Wer kann das sein?* Sie stellte Wassereimer und Wischmopp beiseite und wischte sich die Hände an ihrer Schürze ab, ehe sie die Tür öffnete.

Und sich wünschte, sie hätte es nicht getan.

Kriminalkommissar Becker stand vor ihr, wie es schien in seinem besten Sonntagsanzug. Er zog den Hut und fragte: „Bitten Sie mich nicht herein?"

„Doch, natürlich, bitte kommen Sie herein", erwiderte sie mit bebender Stimme und zermarterte sich das Hirn, was er wollen könnte. Sollte sie nicht an Lily Bericht erstatten? Nicht, dass sie das getan hätte, denn es gab nichts zu berichten.

„Ich habe geduldig auf Neuigkeiten gewartet, aber jetzt ist meine Geduld am Ende", sagte er und streckte sich auf Werners Platz auf dem Sofa aus, als sei dies sein Zuhause.

Sabine kämpfte mit dem Kloß in ihrem Hals und sagte: „Ich habe versucht, mich mit Frau Klausen anzufreunden, so wie Sie es mir gesagt haben. Aber bisher hat sie nicht das Geringste gesagt, was sie belasten könnte."

„Wir wissen, dass sie für die Feinde des Reiches arbeitet." Herr Becker sah sich um. Sein Blick blieb an Sabines und Werners Hochzeitsbild hängen. Er ging durch den Raum und nahm das Bild in die Hand. „So ein bezauberndes Paar. Es wäre doch tragisch, wenn Sie ein Trauerband darum binden müssten."

Sabine erlitt fast einen Herzinfarkt, sobald die makabren Worte seine dünnen Lippen verlassen hatten, aber Becker ignorierte ihre missliche Lage. „Ich glaube, Sie werden sich mehr anstrengen müssen." Seine Finger strichen über Werners Gesicht auf dem Foto.

„Wenn... wenn Sie doch schon wissen, dass Frau Klausen Teil des Widerstandes ist, warum verhaften Sie sie dann nicht?", stammelte sie.

„Ich habe es Ihnen bereits gesagt und ich werde es noch mal sagen, Frau Mahler." Er stellte das gerahmte Bild zurück auf die Kommode und baute sich vor Sabine auf. Seine Nähe jagte ihren Puls in die Höhe. „Frau Klausen ist ein kleiner Fisch. Wir wollen die Köpfe der Organisation. Und Sie werden uns zu ihnen führen." Sein Finger strich genauso zärtlich über ihre Wange, wie er zuvor über das Bild ihres Mannes gestrichen hatte. „So ein bezauberndes Paar… wirklich ein Jammer."

Während der eisige Griff der Panik ihr die Luft aus den Lungen presste, schaffte Sabine es kaum, aufrecht stehen zu bleiben. „Aber wie?", sagte sie.

„Sie sollten dankbar sein, dass ich für Sie mitdenke", sagte Becker und grinste sie selbstzufrieden an. „Denn ich habe den perfekten Plan. Sie werden bei Frau Klausen und ihrer Tochter Ursula einziehen."

„Ich? Ich soll bei denen einziehen?" Sabine traute ihren Ohren nicht. Der Mann konnte doch nicht ernsthaft erwarten, dass sie bei irgendwelchen Fremden einzog.

„Ja. Wir müssen die Dinge beschleunigen." Er leckte sich über die Lippen und sonnte sich im Glanz seiner brillanten Idee.

„Aber… ich habe doch mein eigenes Haus. Warum sollte ich bei jemand anderem einziehen? Das ergibt keinen Sinn. Und warum sollte Frau Klausen dem jemals zustimmen?" Sabine sprach die Unzahl von Fragen aus, die ihr durch den Kopf schossen.

„Sehen Sie, hier komme ich ins Spiel. Wir zwei werden das Amt für Raumbewirtschaftung aufsuchen und denen mitteilen, dass Ihr Haus ausgebombt wurde. Dank meiner Verbindungen wird Ihnen umgehend neuer Wohnraum zur Verfügung gestellt."

Sabine erschauerte bei dem bösartigen Plan. „Aber… es wäre doch… nahezu unmöglich, dass die mich Frau Klausen zuweisen und nicht jemand anderem."

„Überlassen Sie das mir. Meine Leute können in diesem Land so gut wie alles bewirken."

Dass er die Wahrheit sagte, bezweifelte sie nicht im Geringsten. Keine Behörde in Deutschland hatte mehr Macht als die Gestapo. Wenn Becker wollte, dass sie bei den Klausens wohnte, dann wäre es ihm ein Leichtes, das zu arrangieren.

„Also, wie finden Sie meinen brillanten Plan?", fragte er mit ehrlicher Freude im Gesicht.

Wie konnte dieses sadistische Monster so narzisstisch sein? Hatte er nicht das leiseste Fünkchen Mitgefühl mit seinen Mitmenschen? Leider wusste sie bereits die Antwort darauf und sagte: „Es ist ein verschlagener Plan. Auf so etwas wäre ich nie gekommen." Dann kam ihr ein Zweifel und sie sprach ihn laut aus: „Was ist, wenn jemand herausfindet, dass mein Haus gar nicht ausgebombt wurde?"

Becker legte den Kopf schief und eine Spur von Bedauern darüber, dass sein Plan einen Fehler enthielt, huschte über sein Gesicht. Es dauerte jedoch nur einen Moment, ehe er wieder lächelte. „Sie sind wirklich intelligent. Sie werden uns von großem Nutzen sein. Vertrauen Sie mir, niemand wird es herausfinden. Sie haben eine Stunde, um alles zu packen, was Sie mitnehmen wollen."

„Eine Stunde?", wiederholte Sabine, als wäre sie nicht ganz richtig im Kopf. Sie versuchte noch immer, alles zu verarbeiten, was er gesagt hatte.

„Ich würde vorschlagen, dass Sie keine Minute davon verschwenden. Und jetzt entschuldigen Sie mich bitte, ich muss noch einiges erledigen." Becker ging zur Tür und verließ das Haus. Wie in Trance folgte Sabine ihm und lehnte sich mit dem Rücken gegen die geschlossene Tür.

Ein Schauer durchfuhr sie bei der Erkenntnis, dass sie in wenigen Minuten ihr vertrautes, kleines Zuhause verlassen würde, möglicherweise für immer.

Sie eilte durch das Haus, packte Kleider und Schuhe und legte alles zusammen in den einzigen Koffer, den sie besaß. Dann durchforstete sie die Zimmer nach den Dingen, die Werner und ihr am meisten bedeuteten. Das gerahmte Hochzeitsfoto. Das Fotoalbum ihrer Kinderjahre. Die Liebesbriefe, die Werner ihr geschrieben hatte. Die silberne Halskette, die er ihr zum Geburtstag geschenkt hatte. Die Pfeife, die sie ihm geschenkt hatte und die er so gern rauchte. Alles andere würde zurückbleiben müssen.

Die Kommode, die sie von seinem ersten Gehalt nach der Hochzeit gekauft hatten. Die antike Standuhr ihrer Großmutter. Das Geschirr, ein Hochzeitsgeschenk von Werners Eltern. Das mit einem Monogramm versehene Silberbesteck. Sie schmuggelte zwei Löffel in den Koffer und verschloss ihn mit Tränen in den Augen. Als die Stunde dem Ende zuging, saß sie auf dem vollgestopften Koffer und fürchtete sich vor Beckers Rückkehr.

KAPITEL 11

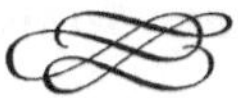

Sabine fuhr bei dem zwar erwarteten, aber dennoch völlig unvermuteten Klopfen an der Tür zusammen. Sie schaute auf ihre Armbanduhr und verfluchte die verfrühte Ankunft ihres Peinigers. Keine fünfzig Minuten waren vergangen, seit Kriminalkommissar Becker das Haus verlassen hatte. Auf wackeligen Beinen schaffte sie es irgendwie zur Tür, ohne umzukippen.

Sie strich mit schweißnassen Händen über ihren Rock und wappnete sich für das, was geschehen würde, wenn sie die Tür öffnete.

Ihre Kinnlade klappte bis auf den Boden, als sie ihre Nachbarin vor sich sah.

Lily schritt ins Wohnzimmer, wo sie sich einmal um sich selbst drehte, um alles in sich aufzunehmen, ehe sie stehen blieb und die Nase krauszog. „Mir tut das alles so leid."

„Dir? Dir tut es leid? Es war doch deine grandiose Idee, mich zu rekrutieren!" Sabine schaffte es, ihre Stimme leise genug zu halten, dass die Nachbarn sie nicht durch die dünnen Wände hören würden.

„Meine? Nein." Lily lachte kurz auf und schüttelte den Kopf. „Das war Beckers Idee. Aber du hättest mein Angebot annehmen sollen, als ich dir davon erzählt habe. Dann wäre Werner nichts passiert."

„Was weißt du über Werner?" Sabine kämpfte darum, ruhig zu bleiben.

„Nicht mehr als du. Jedenfalls bin ich gekommen, um dir zu sagen, wie leid es mir tut, wie die Dinge sich für dich entwickelt haben, und …" Lily schien nach Worten zu suchen. „… und um dir einen Rat zu geben. Tu alles, was Becker verlangt, gib ihm die Informationen, die er haben will, und dein Leben wird um so vieles besser sein als vorher."

Eine dunkle Ahnung blühte in Sabines Herz auf. War Lily es gewesen, die vorgeschlagen hatte, Werner zu verhaften, damit Sabine kollaborierte? „Geh. Verlass auf der Stelle mein Haus", schnappte Sabine, innerlich kochend vor Wut. Am liebsten hätte sie ihre Hände um Lilys dünnen Hals gelegt und zugedrückt, bis diese zu atmen aufhörte. Für immer.

Lily machte auf dem Absatz kehrt und rauschte davon.

Hass, Trauer und Verzweiflung brannten in Sabines Brust, während sie wieder zu Boden sank und den einsamen Koffer ansah, der im Flur stand. Ihr Leben zusammengeschrumpft auf einen Meter zwanzig mal fünfzig Zentimeter. Niemals hätte sie gedacht, dass ihr so etwas passieren könnte. Hatte sie nicht gut geschlafen in der verräterischen Sicherheit, dass sie sich nur aus der Politik heraushalten und den Mund halten musste, damit ihr nichts passierte?

Minuten später hörte sie wieder ein Hämmern an der Haustür. Ihre Armbanduhr besagte, dass die gewährte Stunde vorüber war, und sie bewunderte den Kriminalkommissar beinahe für seine Pünktlichkeit. Die Ausweglosigkeit ihrer Situation lastete schwer auf ihren Schultern, als sie die Tür zum dritten Mal an diesem kalten, aber sonnigen Märzmorgen öffnete.

Becker begrüßte sie mit dem strahlenden Lächeln eines verliebten Burschen. Fast erwartete sie, er würde einen Blumenstrauß hinter seinem Rücken hervorziehen. Natürlich war das reines Wunschdenken, denn das einzige hinter seinem Rücken waren fünf grimmig aussehend Kerle in schwarzen Uniformen.

„Ah, Sie sind bereit zu gehen", sagte Becker mit einer übertrieben höflichen Verbeugung, während er den SS-Männern bedeutete, einzutreten. Sie trugen seltsame Kanister und verschwanden nach oben.

Sabine stand da wie angewurzelt, unfähig, ihre Beine zu bewegen, als sie aus dem oberen Stockwerk schwere Schritte und gluckernde Geräusche hörte. Sie presste eine Hand gegen ihre Brust. Der Gedanke, dass fünf fremde Männer in ihren intimen Schubladen herumwühlten, war ihr mehr als peinlich.

Die Verlegenheit verwandelte sich in Terror, als die Männer die Treppe heruntertrampelten und eine scharf riechende Flüssigkeit auf ihren frisch geputzten Stufen ausgossen. Sabine würgte, dann würgte sie noch mehr, als ihr Gehirn den Geruch erkannte.

„W… was machen die da?", fragte sie Becker, der geduldig an ihrer Seite stand und das sich vor ihm entfaltende Spektakel mit einem zufriedenen Lächeln begutachtete.

„Dafür sorgen, dass es echt wirkt."

Dass was echt wirkt? Sein Plan, so zu tun, als wäre ihr Haus ausgebombt worden, fiel ihr siedend heiß wieder ein. In stummer Verleugnung schüttelte sie den Kopf.

Becker ignorierte sie und sah zu, wie seine Männer ihr Werk vollendeten, ehe er eine Streichholzschachtel aus seiner Tasche zog und sie ihr hinhielt. „Möchten Sie die Ehre haben?"

Sabine schüttelte entsetzt den Kopf. Sie würde garantiert nicht ihr eigenes Haus anzünden. Becker schien das nicht zu stören. Er zündete ein Streichholz an und warf es in eine Petroleumpfütze. „Es ist eine Ironie des Schicksals, nicht wahr?"

„Was?" Sabines Gehirn fühlte sich wie Brei an.

„Dass das Heim eines Feuerwehrmanns in Flammen aufgeht", schmunzelte Becker und packte ihren Ellenbogen. „Es ist an der Zeit, zu gehen, Frau Mahler."

Eine seltsame Dankbarkeit durchfuhr sie für den gnadenlosen

Griff um ihren Arm. Ansonsten hätte sie sich umgedreht, um hineinzustürmen und... und was?

Innerlich wurde Sabine taub. Sie verlor jegliches Gefühl für Raum oder Zeit, befand sich irgendwann auf dem Rücksitz eines schwarzen Gestapofahrzeugs, ihr Koffer sorgfältig im Kofferraum verstaut.

Der Wagen setzte sich in Bewegung und sie konnte sich einen Blick auf das Haus, das sie und Werner ihr Zuhause genannt hatten, nicht verkneifen. Schwarzer Rauch begann, sich in den Himmel zu kräuseln. Ein Schluchzen drohte aus ihrer Kehle zu dringen, traurig um all die Dinge, die sie gezwungen war, zurückzulassen. Sie schluckte es herunter und hielt ihr Kinn hoch erhoben, während ihre Fingernägel sich tief in das Fleisch ihrer Handflächen gruben.

Wie viel mehr würde sie aufgeben müssen, ehe man ihr Werner zurückgab?

Unbeeindruckt von ihrer Verzweiflung sagte Becker in seiner gewohnt kalten Stimme: „Machen Sie sich keine Sorgen um die Wohnungszuweisung. Ich werde mich um alles kümmern. Leider kann ich Sie nicht den ganzen Weg zu Frau Klausens Wohnung fahren, wir wollen ja nicht, dass sie misstrauisch wird. Hier ist die Adresse." Er händigte ihr ein Blatt Papier mit dem Stempel des Amts für Raumbewirtschaftung aus. Zwei Straßen von der Adresse entfernt hielt er an, um sie aussteigen zu lassen. „Viel Glück. Und vergessen Sie nicht, zweimal pro Woche an Fräulein Kerber Bericht zu erstatten."

Dann ließ er sie an der Ecke stehen und sein Automobil sauste davon.

KAPITEL 12

Mit dem schweren Koffer in der Hand lief Sabine die zwei Straßen weiter. Sollte sie sich glücklich schätzen, dass Becker ihr die Gelegenheit gegeben hatte, ihre liebsten Sachen zu retten, ehe er ihr Haus angezündet hatte?

Der kalte Märzwind kroch unter ihren Mantel und weckte die Sehnsucht nach der warmen Strickdecke, die noch von ihrer Großmutter stammte. Doch die war in Flammen aufgegangen.

Sabine zuckte die Achseln. Es half nicht, in Selbstmitleid zu zerfließen, sie musste für Werner stark bleiben. Vor dem großen Wohnblock blieb sie stehen, der so anders war als die Straße mit den kleinen Reihenhäuschen, in der sie wohnte – *gewohnt hatte*, korrigierte sie sich selbst.

Die meisten Gebäude in der Gegend standen noch, obwohl sogar die gepflegtesten offensichtliche Spuren der Bombardierungen aufwiesen. Es war so eine Schande. Warum mussten diese verdammten Alliierten Berlin in Schutt und Asche bomben? Konnten sie ihren Krieg nicht wie in guten alten Zeiten kämpfen, Soldat gegen Soldat? Und die Zivilbevölkerung außen vor lassen?

Sabine drückte auf die Klingel und ein elektrischer Türöffner ertönte. Sie staunte, dass der Türöffner noch funktionierte bei den ganzen Stromausfällen und der unzuverlässigen Elektrizitätsversorgung in der Stadt. Die Wohnung der Klausens war im dritten Stock und Sabine schleppte ihren schweren Koffer die Treppe hoch, keuchend wie eine Dampflok, als sie endlich oben ankam.

Wie durch Magie öffnete sich die Tür und eine ältere Dame trat heraus. „Und Sie sind?", fragte sie.

„Sabine Mahler, die neue Untermieterin", sagte sie und hielt ihre Hand hin.

Die Frau beäugte sie misstrauisch und ignorierte Sabines ausgestreckte Hand rüde. „Wer hat Sie geschickt?"

„Das Amt für Raumbewirtschaftung hat mir die Wohnung zugewiesen", sagte Sabine und zog das offizielle Schreiben aus ihrer Handtasche.

„Nicht bei mir." Die unfreundliche Frau trat zurück und knallte die Tür vor Sabines Nase zu. Erst dann bemerkte Sabine das Namensschild an der Tür, auf dem *Weber* stand. Sie drehte sich um und sah zwei weitere Türen auf der Etage. Schließlich klopfte sie an der, wo *Klausen / Hermann* stand.

Es dauerte etwas, bis sie Schritte und das Klicken des Metallschiebers vor dem Guckloch hörte. Einige Zeit verging und Sabine fürchtete schon, die Tür würde sich nie öffnen, aber endlich tat sie es.

„Sie?", fragte Frau Klausen ungläubig.

„Es tut mir leid, Frau Klausen. Ich wurde ausgebombt und das Amt für Raumbewirtschaftung hat angewiesen, dass ich bei Ihnen wohnen soll", sagte Sabine ihre eingeübte Ansprache auf.

„Also, wenn *das* kein Zufall ist. Kommen Sie rein." Frau Klausen machte Platz und zeigte auf ein kleines Sofa, das durch viele Jahre intensiver Nutzung ganz zerschlissen war.

Toll! Sie kauft mir meine Geschichte nicht ab. Obwohl sie innerlich stöhnte, setzte sie ein Lächeln auf. „Es tut mir wirklich leid, dass ich Ihnen zur Last fallen muss. Glauben Sie mir, ich habe mir das nicht ausgesucht. Ich wäre lieber in meinem eigenen Heim geblieben."

„Wann, sagten Sie, wurde Ihr Haus zerstört?", fragte Frau Klausen, als sie die Tür zumachte und wieder abschloss.

Wann? Verdammter Mist. Über diesen Teil der Geschichte hatte sie nicht nachgedacht und suchte in ihrem Hirn nach den letzten Meldungen über Fliegerangriffe in Berlin. Hoffentlich irrte sie sich nicht bei der Ortsangabe. „Vor vier Nächten, in Steglitz."

„Sie haben allen erzählt, Ihr Mann hätte einen Unfall gehabt. Aber in Wahrheit wurde Ihr Haus zerbombt? Wo ist er jetzt?"

Grundgütiger, warum musste diese Frau so aufmerksam sein? Und so misstrauisch? Sabines Handflächen wurden feucht, als ihr klar wurde, dass sie von nun an jedes Wort auf die Goldwaage legen und sich jede ihrer Lügen merken musste. „Er… er wurde bei dem Angriff verletzt und …" Sabine drückte eine Träne aus dem Augenwinkel. „Er… ist gestorben."

„Wann ist das passiert?", fragte die ältere Frau. Ihre Augen wurden schmal. Zum Glück rettete eine junge blonde Frau Sabine vor einer Antwort. Sie war Frau Klausen wie aus dem Gesicht geschnitten und war hochschwanger. Eine Welle von Schmerz und Neid überrollte Sabine und für einen Augenblick zog sie ernsthaft in Erwägung, auf dem Absatz umzudrehen und wegzurennen.

Sie konnte unmöglich mit einer Frau in anderen Umständen in derselben Wohnung leben. Nicht wenn ihre eigenen… Sie schüttelte die trüben Gedanken ab und zwang ein Lächeln auf ihr Gesicht, als die andere Frau sagte: „Hallo, ich bin Ursula Hermann. Frau Klausen ist meine Mutter."

„Sabine Mahler."

„Mein herzliches Beileid", sagte Ursula und warf ihrer Mutter einen strengen Blick zu. „Bitte, fühlen Sie sich wie zu Hause und scheuen Sie sich nicht, zu fragen, wenn Sie etwas brauchen." Nach der Feindseligkeit der sonst so netten Frau Klausen tat das Lächeln auf Ursulas Gesicht richtig gut.

„Danke, dass Sie in Ihrer Wohnung Platz für mich schaffen. Ich weiß das wirklich zu schätzen", sagte Sabine.

„Wir sind stets bemüht, die Forderungen des Reichs zu erfüllen, um den Kriegsanstrengungen bestmöglich zu dienen", sagte Frau Klausen hölzern und Sabine hatte den Eindruck, die ältere Frau würde die Person am liebsten erwürgen, die eine Fremde in ihr Heim beordert hatte.

„Folgen Sie mir", sagte Frau Klausen und führte Sabine durch das Wohnzimmer. Dann öffnete sie eine Tür. „Hier können Sie wohnen. Ich werde dies einmal sagen und hoffe, dass ich mich nicht wiederholen muss. Es wäre besser, wenn die Leute glauben, wir hätten uns nie zuvor gesehen."

Nie zuvor gesehen? Sabine fand das eine seltsame Forderung, aber sie fragte nicht nach einer Erklärung und stimmte zu: „Ihr Haus. Ihre Regeln."

Ein kleines Lächeln umspielte Frau Klausens Lippen, bevor sie antwortete: „Ich sehe, wir verstehen uns. Und da wir gerade von Regeln sprechen. Ich erwarte, dass Sie Ihr Zimmer ordentlich halten und sich am Putzen der gemeinsam genutzten Räume beteiligen."

Sabine nickte.

„Und…" Frau Klausen warf einen Seitenblick auf ihre Tochter im Wohnzimmer, ehe sie fortfuhr: „Dies ist ein anständiger Haushalt. Sie werden in meiner Wohnung keine männlichen Besucher empfangen. Ist das klar?"

„Absolut", sagte Sabine und fragte sich, warum Frau Klausen sich bei einer Frau um männliche Besucher sorgte, die angeblich am Vortag verwitwet war. Und traf diese Regel auch auf Ursulas Mann zu? Sie biss sich auf die Zunge, um keine Fragen zu stellen, denn Frau Klausens zusammengepresste Lippen deuteten an, dass dieses Thema nicht zur Diskussion stand.

Nicht, dass sie irgendeinen anderen Mann als Werner empfangen wollte – und der war offiziell tot. *Dürfen Tote zu Besuch kommen?* Sie unterdrückte ein Kichern, das sie zu überwältigen drohte, und rief sich selbst zur Ordnung. Die Situation war zu ernst, um darüber zu scherzen.

Frau Klausen überließ sie kurz darauf sich selbst und Sabine zog sich in ihr neues Zimmer zurück, legte sich auf das Bett und kämpfte mit der Verzweiflung, die sich ihrer bemächtigen wollte.

KAPITEL 13

Am nächsten Tag kam Sabine von ihrer Mittagspause zurück und fand Frau Klausens Arbeitsstation leer vor. Seit Kriminalkommissar Beckers brillantem Plan, sie bei der Verdächtigen einzuquartieren, war die ältere Frau völlig verschlossen geworden und hatte aufgehört, auch nur ein einziges Wort mit Sabine zu reden. Nach dem Aufstehen am Morgen war es ein einziger Eiertanz gewesen, bei dem die Spannung in der Wohnung jeden Moment zu explodieren drohte.

Warum das so war, wusste sie nicht. Vielleicht war Frau Klausen wirklich eine bösartige Verräterin und hatte irgendwie von Sabines neuer Tätigkeit als Informantin der Gestapo Wind bekommen.

Gefangen zwischen einer potenziell gefährlichen Organisation von Subversiven und der Gestapo, die ihren Mann als Geisel hielt, hätte Sabine am liebsten laut aufgeschrien. Natürlich konnte sie das während der Arbeit nicht tun, auch wenn der Gedanke an einen Nervenzusammenbruch mit nachfolgendem Gedächtnisverlust einen gewissen Reiz barg.

Sie hatte nie etwas mit Politik zu tun haben wollen, geschweige denn hatte sie in ihren kühnsten Albträumen befürchtet, sie könnte mitten in eine verzwickte Verschwörung verstrickt werden. Tief in Gedanken versunken stellte sie eine weitere Charge der Standard Karabinergewehre fertig und zuckte zusammen, als sie die Stimme ihres Vorarbeiters hörte.

„Frau Mahler, dies hier ist Ihre neue Kollegin, Fräulein Schenk.“

Verwirrt sah sie hoch und bemerkte ein ziemlich junges Mädel, kaum älter als siebzehn, das neben Herrn Meier stand. Ein Hoffnungsstrahl schlich sich in Sabines Herz. Wenn Frau Klausen verhaftet worden oder tot war… Mit angehaltenem Atem fragte Sabine: „Was ist mit Frau Klausen passiert?“

„Sie hat darum gebeten, in eine andere Abteilung versetzt zu werden, wo sie nicht den ganzen Tag stehen muss. Aufgrund ihres Alters habe ich ihrer Bitte entsprochen.“

Ärger und Erleichterung kämpften um die Herrschaft in Sabines Gemüt. Irgendwie musste sie kompromittierende Informationen aus Frau Klausen herausquetschen, vorzugsweise unauffällig. Vielleicht wäre es sogar von Vorteil, wenn sie nicht zusammen arbeiteten?

Während sie der Neuen die Handgriffe erklärte, verbrachte Sabine den Großteil des Tages damit, sich Wege auszudenken, wie sie Frau Klausens Vertrauen gewinnen konnte. Doch als sie abends ausstempelte und zu ihrem neuen Zuhause ging, wusste sie noch immer nicht, was sie anstellen sollte.

Sie hasste sich selbst dafür, dass sie Becker so viel Kontrolle über ihr Leben gewährt hatte, andererseits konnte sie nicht einfach wegsehen und ihren Mann in der Hölle schmoren lassen. Und der Gestapofiesling nutzte dieses Wissen kaltblütig zu seinem Vorteil. Sabine war offiziell zur Spionin geworden, genau wie Lily.

Fast hätte sie das Verlangen, auf die Straße zu spucken, übermannt, aber sie behielt sich im Griff, setzte ein damenhaftes Lächeln auf und tastete nach ihrer makellosen Frisur. Nein, der Schein musste unter allen Umständen gewahrt bleiben. Sie würde niemandem die Genugtuung geben, sie zusammenbrechen zu sehen.

Trotzdem lastete das Lügen, Betrügen und Täuschen schwer auf ihr, auch wenn sie sich damit tröstete, dass sie ihren Körper nicht wie Lily wahllos an irgendwelche Männer verschenkte. Ein Schaudern ließ ihre Schultern beben. Was würde sie tun, wenn Becker von ihr verlangte, ihrem Mann untreu zu werden? Würde sie dem zustimmen, um Werner zu retten? Konnte sie das?

Das Beben erfasste ihren ganzen Körper und sie zog den Wollschal enger um ihre Schultern, obwohl sie wusste, dass das Zittern nicht von dem eisigen Wind verursacht wurde. Sie schob die besorgniserregenden Gedanken beiseite und fing an zu zählen. Zählen half ihr immer, sich zu beruhigen.

Als sie an dem Wohnblock ankam, tauchte die neugierige Nachbarin, Frau Weber, wie aus dem Nichts auf. „Guten Abend. Frau Mahler, richtig?"

„Ja, und Sie müssen Frau Weber sein."

Die ältere Frau nickte. „So, da sind Sie also bei den Klausens eingezogen. Ich sage Ihnen, letztes Jahr gingen seltsame Dinge in deren Wohnung vor. Ich hätte schwören können, dass ich eine männliche Stimme gehört habe. Frau Klausen war eine Weile bei ihrer Schwester auf dem Land und die beiden Mädels, Ursula und Anna, haben ihre Abwesenheit schamlos ausgenutzt."

Sie kamen im dritten Stock an und Sabine protestierte halbherzig: „Frau Weber... ich..."

Aber Frau Weber ließ sich nicht aufhalten in ihrem Schwall von Tratsch. „Können Sie sich vorstellen, dass ich die Polizei rufen musste? Ich war so besorgt um die Sicherheit der Leute, die hier leben." Frau Weber presste eine Hand auf ihre Brust. „Und jetzt ist Ursula schwanger. Denken Sie nicht auch, dass das seltsam ist? Kurz nachdem diese mysteriösen Dinge passiert sind, wird sie schwanger? Und sie will nicht verraten ..."

Sabine hatte genug gehört. Der Grund, warum Frau Klausen darauf bestand, so zu tun, als hätten sie sich nie zuvor gesehen, wurde ihr plötzlich klar. „Frau Weber, bei allem Respekt, aber ich habe kein Interesse an Ihrem Gerede über die Menschen, die so freundlich sind, mich bei sich aufzunehmen, nachdem mein eigenes Haus zerbombt wurde. Ich kümmere mich lieber um meine eigenen Angelegenheiten. Guten Abend." Sie öffnete die Wohnungstür mit ihrem Schlüssel und ließ die verblüffte Nachbarin im Treppenhaus stehen. Sobald sie drinnen war, stieß sie fast mit Ursula zusammen, die gerade aus der Küche kam.

„Regen Sie sich nicht über die Weberin auf", sagte Ursula, und nach einem Blick auf Sabines verwirrtes Gesicht fügte sie hinzu, „tut mir leid, aber ich konnte nicht anders als mithören, wie Sie unsere Nachbarin abserviert haben. Das ist eine der schlimmsten Tratschtanten, die ich je das Unglück hatte, kennenzulernen."

„Oh, danke." Sabine fragte sich, wie viel von dem Klatsch stimmte. Nicht, dass sie ihre Nase in anderer Leute Angelegenheiten stecken wollte, aber jetzt ergaben der fehlende Ehemann und der Seitenhieb auf den anständigen Haushalt einen Sinn.

„Möchten Sie eine Tasse Tee?", bot Ursula an.

„Ja, bitte." Sabine zog ihren Mantel aus und hängte ihn an die Garderobe, ehe sie sich zu Ursula in die Küche gesellte.

„Es ist schon lustig, dass Sie und meine Mutter in derselben Fabrik arbeiten, sich aber nie zuvor getroffen haben, nicht wahr?", sagte Ursula, als sie Sabine die volle Teetasse reichte.

Sabine schüttete sich beinahe das heiße Getränk über die Hand. „Ja, das ist es, oder? Ihre Mutter arbeitet in einer anderen Abteilung."

Ursula erwiderte nichts, sondern ließ sich mit einem schweren Seufzer auf den Stuhl gegenüber von Sabine fallen. Wenigstens war so ihr gewölbter Bauch außer Sicht und Sabine musste nicht mehr mit den aufsteigenden Tränen kämpfen, weil der Anblick einer schwangeren Frau ihr schmerzliche Erinnerungen bescherte.

„Ich bin froh, wenn ich endlich aufhören kann zu arbeiten. Die Arbeit im Gefängnis ist so ermüdend", sagte Ursula und lehnte sich zurück, um ihren Bauch zu massieren.

Sabine wusste, dass sie wegsehen sollte, aber sie konnte ihren Blick nicht von der glücklichen Frau gegenüber abwenden, die lächelnd eine Hand auf ihren Bauch legte. Es tat so weh. Auch nur in Ursulas Nähe zu sein, riss die kaum verheilten alten Wunden in ihrer Seele wieder auf. Nach ihrer zweiten Fehlgeburt vor zwei Jahren hatte sie kein Kind mehr empfangen können.

„Ich sollte mich hinlegen, ich fühle mich nicht gut", log Sabine und floh in die Sicherheit ihres Zimmers. Sie wünschte sich, Werner wäre da, um sie zu halten und zu trösten.

Sie vermisste ihn schrecklich und wenn der heutige Tag ein Anhaltspunkt für den Erfolg ihrer Spionagetätigkeit war, dann würde sie ihn niemals wiedersehen. Die Ungerechtigkeit des Lebens nagte an jeder Faser ihres Seins, bis die Tränen sich Bahn brachen und sie sich schließlich in den Schlaf weinte.

KAPITEL 14

Sabine hatte kaum ihre Augen geschlossen, als das schrille Kreischen des Fliegeralarms sie aus dem Schlaf riss. Sie saß senkrecht im Bett, blind in der totalen Finsternis des Raumes, in den die Verdunkelungsvorhänge keinen noch so kleinen Lichtstrahl hineinließen, und tastete nach dem Schalter ihrer Nachttischlampe in der noch immer fremden Umgebung. Als sie den Schalter endlich gefunden hatte und das Zimmer in schwaches Licht getaucht wurde, hörten die Sirenen auf zu heulen. Sie stieg aus dem Bett und zog die Strickjacke an, die über der Lehne eines Stuhles hing.

Im Wohnzimmer traf sie auf Ursula, die verschlafen aus ihrem Zimmer kam. Sie trug ein langes Nachthemd und eine Strickjacke, genau wie Sabine. Sie hatten keine Zeit, sich ordentlich anzuziehen, denn das furchtbare Gellen der Sirenen setzte schon wieder ein, was akute Luftgefahr bedeutete.

Ursula und Sabine schlüpften in ihre Schuhe und schnappten den Koffer neben der Tür, der mit Wechselkleidung, Lebensmitteln und Wasser bestückt war. Eine Nacht im Bunker konnte lang werden. Man sollte meinen, dass die Leute sich daran gewöhnt hatten, nachdem sie nun schon so viele Jahre fast jede Nacht bombardiert wurden.

Falsch. Jedes Mal, wenn die Sirenen ertönten, brach Angstschweiß auf Sabines ganzem Körper aus, und das mulmige Gefühl in ihrem Magen hörte nicht auf, bis sie das Entwarnungssignal hörte.

„Wir müssen in den Keller", zischte Sabine mit zittriger Stimme.

„Nein. Bunker. Folgen Sie mir." Ursula eilte die Treppe hinunter, Sabine dicht auf ihren Fersen. Auf jeder Etage strömten mehr Menschen aus ihren Wohnungen und trippelten wie verstörte Mäuse in die Sicherheit des Bunkers.

Sabine zerrte den kleinen Koffer hinter sich her, als ihr plötzlich Frau Klausen einfiel. „Wo ist Ihre Mutter?", schrie sie Ursula zu, die keinen Schritt langsamer wurde.

„Vermutlich bei meiner Schwester", rief sie zurück.

Wie auch immer, sie hatten keine Zeit, anzuhalten oder sich Sorgen zu machen. Sabine zuckte mit den Schultern und fand es ironisch, dass das Wohnhaus, in dem sie jetzt wohnte, weil ihr eigenes Haus von der SS zerstört worden war, nun vielleicht echten feindlichen Bomben zum Opfer fiel.

In ihrem Viertel suchten die Leute gewöhnlich Zuflucht in ihren Kellern, aber hier flohen Menschenmassen in den nächsten öffentlichen Hochbunker. Der Bunker war ein riesiger Betonklotz, in dem fünfhundert Leute Platz fanden. Allein der Anblick der vielen Leute, mit denen sie die nächsten Stunden zusammengepfercht verbringen würde, machte Sabine Angst.

Ursula führte sie in eine Ecke, die mit drei Matratzen und Decken ausgestattet war, und zeigte auf eine von ihnen. „Nehmen Sie diesen Platz. Er war für meine Schwester Anna, aber da sie weggezogen ist, gehört er jetzt Ihnen."

Sabine war noch nie zuvor in einem so großen Hochbunker gewesen und wünschte, sie wäre in der Enge ihres eigenen Kellers. Die Leute behaupteten immer, die Hochbunker wären sicherer als die Keller, weil das Haus abbrennen und den ganzen Sauerstoff aus dem Keller saugen konnte, sodass die dort Versteckten erstickten.

Aber der Anblick der Menschenmenge, die sich hier hineinquetschte, ehe die Türen fest verschlossen wurden, drehte ihr den empfindlichen Magen um und sie schaffte es nur mit Mühe, ihr Abendessen bei sich zu behalten. Die zwei Frauen setzten sich auf die Matratzen, beide von ihren eigenen Sorgen und Ängsten überwältigt, bis Sabine bemerkte, wie Ursula vor Schmerz aufstöhnte.

„Ist alles in Ordnung?"

„Ja… aua… ich… glaube…"

Sabine starrte im Halbdunkel auf Ursulas verschwitztes Gesicht und dann wanderten ihre Augen zur gewölbten Mitte der anderen Frau, wo deutlich sichtbare Wehen den Bauch zusammenzogen. *O Gott. Sie ist… wie weit?*

„Sie müssen sich entspannen und atmen", sagte Sabine und half Ursula, sich auf der Matratze mit dem Rücken zur Wand zu setzen.

„Entspannen?", murmelte Ursula. Die Anstrengung des Versuchs, genau das zu tun, legte ihre Stirn in Falten. „Man sollte meinen, dass ich mich inzwischen an den Fliegeralarm gewöhnt habe, wo das doch ständig passiert."

Sabine lacht kurz auf. „Ich glaube nicht, dass irgendwer sich jemals daran gewöhnt, durch Explosionen ringsherum geweckt zu werden."

Ein kleines Lächeln erschien auf Ursulas Gesicht, bis die nächste Wehe es wegwischte. „Ich habe Angst", flüsterte sie. „Ich bin erst im siebten Monat."

„Es wird nichts passieren", sagte Sabine und hoffte, dass sie die Wahrheit sagte. Frühgeburten passierten ständig, aber jeder wusste, dass die meisten dieser Kinder nicht wirklich zu früh kamen. Es war wahrscheinlich das Beste, Ursula von ihren Ängsten abzulenken, indem sie mit ihr redete.

„Ich bin dankbar, dass Sie mich so freundlich in Ihrem Heim empfangen haben. Es muss schwer sein, die Wohnung mit einer

Fremden zu teilen." Sabine holte eine Flasche Wasser aus dem Koffer, goss etwas in den Deckel, der als Becher verwendet werden konnte, und reichte ihn Ursula.

„Danke." Ursula schloss die Augen und trank das Wasser. Ihr Gesichtsausdruck war nachdenklich. „Unsere Wohnung war früher voll mit meinen Eltern und uns Vieren, und ich habe mich nach dem Tag gesehnt, wenn ich endlich ausziehen kann. Aber jetzt, wo nur noch Mutter und ich da sind, ist es einsam geworden."

„Erzählen Sie mir von Ihren Geschwistern", ermunterte Sabine sie.

„Nun, meine Schwester Anna hat bis vor wenigen Wochen bei uns gewohnt, dann bekam sie eine Angestelltenwohnung der Charité Klinik und ist dort hingezogen. Sie ist Krankenschwester. Meine Mutter mochte den Gedanken nicht, aber Anna hat sie davon überzeugt, dass es sicherer ist, wenn sie bei den ständigen Stromausfällen und Luftangriffen keinen langen Weg zur Arbeit hat…" Ursula lächelte. Die Wehen schienen nachzulassen. „Dann ist da mein Bruder Richard. Er ist achtzehn und wir haben ihn seit fast zwei Jahren nicht mehr gesehen, seit dem Tag, als er eingezogen wurde. Im Moment kämpft er irgendwo in Polen. Und Lotte, die Jüngste. Sie ist tot. Fleckfieber." Ursula zog die Nase kraus, sah angesichts des Verlusts ihrer Schwester aber nicht sehr traurig aus. „Was ist mit Ihnen?"

Sabine verstaute die Wasserflasche zwischen den beiden Matratzen. Bisher erschien Ursulas Familie völlig unauffällig. Nichts, was auch nur im Entferntesten bemerkenswert wäre. „Ich? Ich bin ein Einzelkind. Meine Eltern sind vor ein paar Jahren nach Freiburg gezogen, wegen der Arbeit meines Vaters. Also sehe ich sie nicht sehr oft."

„Oh, ich könnte mir nicht vorstellen, meine Familie nicht mindestens einmal pro Woche zu sehen. So sehr ich sie manchmal verabscheue, brauche ich sie doch um mich. Besonders Anna. Sie ist meine Vertraute, meine beste Freundin, mein moralischer Kompass, der mich ausrichtet."

„Das ist… war mein Mann für mich", sagte Sabine und konnte die Sehnsucht nicht unterdrücken, die sie bei dem Gedanken an Werner überrollte. Sie hatte körperliche Schmerzen, weil sie ihn so sehr vermisste. Seine Wärme. Sein Lachen. Seine Berührungen.

„Es tut mir leid", sagte Ursula und ergriff ihre Hand. „Das muss so schwer für Sie sein. Wie war er?"

„Werner?" Sabine sprach seinen Namen aus und spürte, wie die Wunde in ihrer Seele etwas weiter aufriss. *Was soll ich nur sagen?*

Sie ließ sich mit ihrer Antwort Zeit und gab dann vorsichtig so viel von der Wahrheit preis, wie sie konnte. „Werner war ein wunderbarer Mann und mein bester Freund. Ich kann noch immer nicht glauben, dass er fort ist. Ein kleiner Teil von mir hofft noch immer, dass er das hier alles überlebt."

„Ich dachte, er wäre bei dem Bombenangriff umgekommen?", fragte Ursula und schockierte damit Sabine bis in ihre Grundfesten.

„Das ist er. Es ist nur, seine Leiche wurde noch nicht gefunden. In einem Moment war er am Leben und im nächsten…" Sabine schluchzte, unsicher, was ihr momentan mehr zusetzte. Die Tatsache, dass ihr Mann von der Gestapo verschleppt worden war, oder dass jedes Wort, das sie Ursula erzählte, gelogen war. Um ihr Gewissen mit einem Fünkchen Wahrheit zu beruhigen, sagte sie: „Ich habe viele gute Erinnerungen an ihn und bin dankbar für jeden einzelnen Tag, den ich mit ihm verbringen durfte."

Danach konnte Sabine nicht anders, als die Frage zu stellen, die ihr seit zwei Tagen auf der Zunge brannte. „Was ist mit dem Vater Ihres Kindes? Wo ist er?"

Ursula versteifte sich und zog ihre Hand weg. „Er ist gefallen."

Erstaunt von der kalten, emotionslosen Art, wie Ursula das sagte, verstand Sabine die Nachricht laut und deutlich. Das Thema des Kindsvaters war nicht erwünscht.

Sabine schloss die Augen und stellte sich vor, Werner wäre hier bei ihr, würde sie in seinen Armen halten und sie beschützen. Währenddessen stieg die Spannung um sie herum mit jedem nachhallenden Echo der Bomben, die dem Bunker immer näher kamen.

KAPITEL 15

Mehrere Minuten später sprach Ursula wieder. „So viele Leute verschwinden dieser Tage spurlos. Ich mache mir Sorgen ihretwegen. Mutter sagt, die Schwangerschaft macht mich überempfindlich, aber ich kann nicht anders, als mich zu fragen, was mit den Leuten passiert, die in Nächten wie heute nicht in einen Bunker können."

Sabine warf Ursula einen fragenden Blick zu. „Kennen Sie Leute, die draußen festsitzen, ohne in einen Bunker zu können?"

Ursula sah sie einen Moment lang ruhig an und nickte dann langsam. „Ja."

„Wer sind die? Leute aus Ihrem Wohnblock?" Eine Welle des Schreckens raste über Sabine, während sie sich eine alte Frau vorstellte, die keine Treppen steigen konnte.

„Einfach Leute." Ursula sagte lange Zeit nichts, dann folgte draußen ein weiterer Einschlag und die beiden Frauen drängten sich aneinander, während Dreck von oben herabrieselte. Als der Staub sich gelegt hatte, seufzte Ursula und schüttelte den Kopf. „Ich hoffe, es geht allen gut."

„Von wem reden Sie? Haben Sie noch Familie da draußen?" Ursulas ausweichende Bemerkungen beunruhigten Sabine.

Ursula senkte ihre Stimme zu einem kaum hörbaren Flüstern und vertraute ihr an: „Manchmal verstecke ich Leute."

„Verstecken?" Sabine schnappte nach Luft. Also stimmte es – Frau Klausen und ihre Tochter waren üble Verräter des Reiches.

Ursula sah sich um, ein ängstliches Flackern in ihren Augen. „Ich hätte es Ihnen nicht sagen sollen, weil es eigentlich nichts ist. Manche Leute haben eben keinen Ort zum Wohnen."

Sabine fragte sich, welche Art von Leuten obdachlos waren und warum sie sich nicht einfach an die Behörden wandten und um eine Wohnungszuweisung baten. Es sei denn… sie waren keine gesetzestreuen Bürger. Bilder von kaltblütigen, axtschwingenden Mördern schossen ihr in den Kopf, genährt von dem Wissen, dass Ursula als Gefängniswärterin arbeitete. Vergewaltiger, Räuber und Betrüger der übelsten Sorte. Große, starke Männer, die ihr mit einer einzigen Handbewegung das Genick brechen konnten. Gänsehaut überzog ihren Körper und sie drängte die Bilder beiseite.

„H… haben Sie keine Angst?", fragte Sabine.

„Jeden einzelnen Tag", gab Ursula zu, kauerte sich auf der Matratze zusammen und nahm noch einen Schluck Wasser.

„Aber warum helfen Sie diesen Leuten, wenn Sie solche Angst vor Ihnen haben? Sollten die nicht verhaftet werden und ins Gefängnis kommen?"

Ursulas Augen weiteten sich und sie sah sich wieder um, als ob jeden Moment jemand aus den Schatten auftauchen und eine Axt auf sie schwingen könnte. Da war es wieder, das grässliche Bild. „Ich habe keine Angst vor *denen*, aber…" Ein Schauer durchzuckte Ursulas schmale Schultern und sie wandte den Kopf ab. Das Gespräch war vorbei.

Sabine nickte verständnisvoll, obwohl sie überhaupt nichts verstand. Warum würde jemand wie Ursula, eine schöne Frau, schwanger mit ihrem ersten Kind, ihr Leben für… für… Geächtete riskieren? Feinde des Reiches?

Vielleicht hatte Kriminalkommissar Becker recht und die Klausens waren wirklich verschlagene, widerwärtige Menschen, die sich als gesetzestreue Bürger ausgaben? Wen konnten sie wohl vor den Behörden verstecken? Entflohene Häftlinge? Leute, die der Justiz entkommen wollten? Verbrecher?

Ihr wurde flau im Magen, bis heiße und kalte Schauer über ihre Haut rasten, während sie sich an eine von Werners Anekdoten erinnerte. Frauen und Kinder, die von der SS auf die Straße gescheucht wurden. Erschossen. Ohne Verhandlung oder Verteidigung.

Schuldgefühle überrollten Sabine. Vielleicht versteckte Ursula unschuldige Menschen? Menschen, die sonst auf der Stelle erschossen werden würden, einfach nur, weil sie existierten? Vielleicht war das ihr einziges Verbrechen? Plötzlich wünschte sie sich, Ursula hätte ihr nie etwas verraten.

Sabine seufzte. Sie hatte sich nicht vorgenommen, sich aus allem rauszuhalten, weil sie gefühllos war, ganz im Gegenteil. *Was ich nicht weiß, macht mich nicht heiß – oder jemand anderen.* Anscheinend stimmte dieses Motto nicht mehr, zumindest nicht, seit die Gestapo in ihr und Werners Leben geplatzt war.

Die Grenzen zwischen richtig und falsch waren verschwommen und während die Bomben weiter auf Berlin fielen, kämpfte sie mit ihren nächsten Schritten. Konnte sie wirklich guten Gewissens eine schwangere Frau den Wölfen zum Fraß vorwerfen?

KAPITEL 16

Sabine betrat die exklusive Konditorei und sah sich um. Lily saß an einem kleinen Tisch am Fenster. Oder genauer gesagt an dem, was vom Fenster noch übrig war. Wie in den meisten Gebäuden war das Glas zersplittert und durch Stoff, Pappe oder Bretter ersetzt worden.

Sie schlängelte sich durch die anderen Gäste und setzte sich, während sie versuchte, für die Frau, die ihre heile Welt zerstört hatte, einen freundlichen Gesichtsausdruck zu erübrigen.

„Da bist du ja", sagte Lily in angesäuertem Ton. „Ich hatte schon Angst, du versetzt mich."

„Es tut mir leid, dass ich zu spät bin. Mir war nicht klar, wie lange ich quer durch die Stadt hierher brauchen würde." Sabine beäugte das Franzbrötchen auf Lilys Teller, neben dem eine Tasse mit brauner Flüssigkeit stand. Ersatzkaffee war ein widerliches Gebräu und Sabine bevorzugte seit langem Kräutertee. Doch der Duft, der jetzt in ihre Nasenlöcher stieg, war… unverkennbar… echter, deliziöser Kaffee. Ihr lief das Wasser im Mund zusammen und sie atmete unwillkürlich tief ein.

Lily sah ihr verzücktes Gesicht und schnippte mit den Fingern.

Kurz darauf tauchte der Ober neben ihrem Tisch auf. „Was darf's sein?"

„Noch einen Kaffee, mit Zucker, bitte."

Zucker? Selbst Bäckereien hatten permanent Zuckermangel und mussten ihre Rezepte anpassen, damit sie weniger der kostbaren weißen Substanz verbrauchten. Worunter der Geschmack der Backwaren beträchtlich litt.

Sabine lehnte sich im Stuhl zurück und ihre Hand wanderte unwillkürlich zu ihrer Frisur, um den Sitz zu kontrollieren. Wenn sonst nichts in ihrer Welt stabil blieb, konnte sie wenigstens noch daran festhalten, gut auszusehen.

„Hast du Informationen für mich?", fragte Lily und nahm einen Schluck Kaffee.

„Leider nicht viel. Frau Klausen ist nicht sehr gesprächig", sagte Sabine. Ursulas Geständnis im Bunker ließ sie unerwähnt.

Lily schüttelte den Kopf und steckte eine Zigarette in den langen Halter. „Du begreifst es noch immer nicht, oder?"

„Was begreifen?"

„Das hier, was wir machen. Das ist eine große Sache."

„Eine große Sache?", fragte Sabine verwirrt.

„Ja, wir helfen dem Führer, das Reich von seinen Feinden zu säubern. Subversive, Verräter, Unerwünschte. Unser Dienst ist für unser Land unendlich wertvoll. Du solltest stolz sein, dass du für diese Aufgabe ausgewählt wurdest."

Sabine fühlte sich nicht im Geringsten stolz. Bestürzt wäre ein besseres Wort, um ihre Gefühle zu beschreiben. Seit dem Tag, als sie Kriminalkommissar Beckers Forderungen zugestimmt hatte, verabscheute sie sich. Sich selbst, ihre Aufgabe und ihre Bereitschaft, andere Leute zu verdammen, um die Haut ihres Mannes zu retten.

Römisch-katholisch erzogen, waren jegliche christlichen Ansätze von Nächstenliebe aus ihrem Leben geflohen, als der Krieg – und damit der Kampf ums Überleben – begonnen hatte.

Andere umzubringen und an Jesus zu glauben, waren nicht miteinander vereinbar – jedenfalls nicht in Sabines Welt.

Wegzusehen war eine Sache, Leute an die Gestapo zu verraten
eine ganz andere. Eine Welle der Übelkeit erfasste sie und sie
fragte: „Hast du niemals Mitleid mit den Menschen, die du
auslieferst?"

Lily rollte die Augen. „Natürlich nicht. Sie sind Verräter."

„Nicht alle. Was ist mit den Unschuldigen, die in deinem
kleinen Spielchen gefangen werden? Wie mein Mann? Er hat
nichts Falsches getan und wurde trotzdem verhaftet."

„Werner ist ein unglückliches und unbeabsichtigtes Opfer."
Lily beugte sich vor und flüsterte: „Es tut mir leid für ihn, denn er
ist ein netter Mann. Aber – es ist alles *deine* Schuld. Ihm wäre
nichts passiert, wenn du kooperiert hättest."

Sabine nahm schnell einen Schluck Kaffee, um nichts Unüber-
legtes herauszuplappern. Sie verbrannte sich die Zunge und verzog
das Gesicht. So damenhaft wie möglich setzte sie die Tasse ab und
lächelte Lily an – die Frau, die sie begann, mit jeder Faser ihrer
Seele zu hassen. Ihr lief ein Schauer über den Rücken, als sie sich
daran erinnerte, was das letzte Mal passiert war, als sie Lily die
Meinung gesagt hatte. Obwohl – was konnte ihr die Gestapo jetzt
noch antun? Da sie ihr schon den Ehemann und ihr Heim
genommen hatte, war nicht mehr viel übrig.

Sie können dir das Leben nehmen.

Lily war sogar noch oberflächlicher und egozentrischer, als sie
aussah, mit ihrer makellosen Schminke, der Blume im Haar und
dem eleganten Zigarettenhalter zwischen ihren manikürten Fingern.
Das einzige Ziel, das Sabine vor Augen hatte, war, das Treffen mit
dieser schrecklichen Person so schnell wie möglich zu beenden,
während sie alles dafür tat, ihren Mann am Leben zu erhalten.

Sabine schluckte ihre Abneigung herunter und sagte: „Frau
Klausen ist so zugeknöpft wie eh und je, aber ich fange an, eine
freundschaftliche Beziehung zu ihrer Tochter Ursula aufzubauen.

Vor einigen Nächten im Bunker war sie so aufgewühlt, dass sie mir anvertraute, sie würde manchmal Leute verstecken."

„Na also, das ist doch ein Anfang!" Lily klatschte in die Hände, nur um dann zwei aufgeschreckten Beamten am Nachbartisch ein charmantes Lächeln zuzuwerfen. Sie senkte ihre Stimme und fuhr fort: „Das ist nichts Neues für uns, aber es zeigt, dass du ihr Vertrauen gewinnst. Was gut ist, sehr gut sogar. Arbeite weiter daran. Bring sie dazu, dich in ihre Widerstandsaktivitäten einzubeziehen und dich anderen Mitgliedern der Organisation vorzustellen."

Sabines Magen drehte sich bei dem Gedanken um, die freundliche Ursula so zu hintergehen. „Ich weiß nicht, ob das der beste Ansatz ist …"

Lily warf ihr einen stählernen Blick zu. „Es ist der einzige Ansatz, der die nötigen Informationen zutage fördert. Jetzt vergiss in Gottes Namen endlich deine unangebrachten Skrupel und tu, was ich dir sage. Vergiss nicht, dein Mann siecht irgendwo dahin, während du daran zweifelst, ob es moralisch richtig ist, Verräter ihrer gerechten Strafe zuzuführen."

Sabine starrte Lily an, während die Wahrheit ihrer bösartigen Worte sie wie ein Dolchstoß traf. Sie musste zu ihrer Entscheidung stehen. Sie hatte die Wahl zwischen einem reinen Gewissen oder Werners Leben. Manchmal musste man Opfer bringen, und ihr Gewissen war eines davon.

KAPITEL 17

Einige Wochen später saß Sabine in der Küche und kochte Tee, als es an der Tür klingelte.

„Ich mache auf", sagte Frau Klausen und verschwand.

Sabine dachte sich nichts weiter dabei, da sie sowieso nie Besuch bekam. Einige Minuten später kehrte Frau Klausen mit einer schönen, blonden Frau zurück, die einen dunkelblonden, bärtigen Mann im Schlepptau hatte.

„Das ist Sabine Mahler", stellte Frau Klausen sie vor, „unser ausgebombter Flüchtling. Und das ist meine zweite Tochter, Anna, und ihr Freund, Peter Wolf."

„Nett, Sie kennenzulernen", sagte Anna und lächelte Sabine freundlich an.

„Ganz meinerseits", erwiderte Sabine und reichte ihr die Hand. Doch in dem Moment, als sie sich die Hände schüttelten, wusste sie, dass das Lächeln nur aufgesetzt war. Annas greifbare Abneigung ihr gegenüber ließ die Luft knistern.

Der Mann namens Peter Wolf war riesig, gebaut wie ein Ringer und er hatte intensive eisblaue Augen. Doch trotz seines ansprechenden Äußeren spürte sie die gleiche, sorgfältig versteckte

Wachsamkeit in seinem Auftreten wie bei Anna. An den beiden war wesentlich mehr dran, als es auf den ersten Blick schien.

Unter seinem durchdringenden Blick fühlte Sabine sich wie ein Insekt unter dem Mikroskop. Er verbarg auf jeden Fall etwas, da war sie sich sicher. Es war nichts, was er sagte oder tat, sondern mehr ein Gefühl.

Vielleicht gehörte er auch zu dem Untergrundnetzwerk? War er etwa der Anführer und sie hatte die ganze Zeit über die falsche Schwester bespitzelt? Sabine verstaute den Gedanken für später und versuchte, sich unsichtbar zu machen, um hoffentlich so an ein paar wertvolle Informationen zu kommen.

„Wo ist Ursula?", fragte Anna ihre Mutter.

„Sie steht für Lebensmittel an", sagte Frau Klausen und zuckte mit den Schultern. „Das arme Mädchen. Hochschwanger und der ganze Haushalt lastet auf ihren Schultern. Mir wäre es lieber, sie wäre bei Lydia auf dem Land, aber sie besteht darauf, dass sie hier gebraucht wird."

Sabine sperrte die Ohren weit auf und hoffte, dass Frau Klausen ein paar Fakten fallen ließ, warum genau Ursula hier gebraucht wurde. Anna und ihr Freund wussten mit Sicherheit Bescheid. Aber Peter Wolf zerschlug Sabines Hoffnungen, indem er Frau Klausen um die Hand ihrer Tochter bat.

So romantisch! Einen Moment lang vergaß Sabine, dass sie hier war, um zu spionieren.

Frau Klausen wirkte allerdings alles andere als erfreut, denn sie ließ sich auf den Küchenstuhl fallen und starrte ihre Tochter und ihren zukünftigen Schwiegersohn an, während sie in unkontrolliertes Gelächter ausbrach.

Furcht stach in Sabines Brust, da sie noch nie erlebt hatte, dass Frau Klausen ihre Gefühle so überschwänglich zeigte.

„Wir bringen meine Mutter in ihr Zimmer", sagte Anna mit einem bösen Blick auf Sabine, die pflichtbewusst aus dem Weg ging.

Verdammt! Gerade als ihre Wachsamkeit mal ein bisschen

nachließ. Aber Sabine würde nicht so leicht aufgeben, also schlich sie mit gespitzten Ohren auf Zehenspitzen zu Frau Klausens Schlafzimmer. Das hysterische Gekicher hörte auf, aber in dem Moment, als Sabine näher schlich, um ihr Ohr an die Zimmertür zu pressen, plärrte das Radio im Schlafzimmer einen Sender mit Volksliedern. *Zweifach verdammt!*

Die Klausens waren unglaublich vorsichtig. Die ganze Wohnung und die Telefonleitung waren verwanzt, aber trotzdem hatte es die Gestapo bisher nicht geschafft, auch nur ansatzweise etwas aufzufangen, was ihnen bei ihrer Mission, den Kopf der Untergrundorganisation zu schnappen, geholfen hätte.

Tatsächlich war diese erste Nacht im Bunker das einzige Mal gewesen, dass Ursula oder ihre Mutter Sabine irgendeinen Anhaltspunkt gegeben hatten, dass nicht alles so war, wie es schien. Danach war nicht die leiseste Andeutung mehr über Ursulas Lippen gekommen, dass sie Leute versteckte oder Personen half, von den Behörden unentdeckt zu bleiben.

Sabine lehnte sich an die Tür und strengte sich an zu hören, was dahinter vor sich ging, als die Tür plötzlich aufgerissen wurde und sie stolperte. Sie richtete sich auf und blickte in die funkelnden eisblauen Augen von Peter Wolf.

Wolf, was für ein passender Name. Instinktiv trat sie einen Schritt zurück, aus Angst, er könnte sie anspringen und ihr in den Hals beißen. Ihr Herz hämmerte verzweifelt gegen ihre Rippen und sie suchte krampfhaft nach einer plausiblen Erklärung. Etwas. Irgendetwas.

„Was zum Teufel!" Er zog die Tür hinter sich zu und kam einen bedrohlichen Schritt auf sie zu. „Was machen Sie hier? Lauschen?"

Sabine schüttelte schwach den Kopf. „Nein, ich wollte nur… ich habe Frau Klausen noch nie so außer Fassung gesehen… und, nun, ich wollte nur helfen."

Was Ausreden anging, war das sehr schwach, und sie sah an seinem Gesichtsausdruck, dass er ihr kein Wort davon glaubte. Er kam weiter auf sie zu und zwang sie, zurückzuweichen, bis sie mit dem Rücken an die Wand stieß. Sein zorniger Blick durchbohrte sie wie ein glühender Dolch. Sie schien vor ihm auf Zwergengröße zu schrumpfen, hielt den Atem an und wartete darauf, dass er sie auf der Stelle töten würde. Alles an ihm brüllte Gefahr.

„Sagen Sie mir, warum Sie an der Tür gehorcht haben", verlangte er. Sein Atem wehte über ihr Gesicht.

Sabine schluckte und rang nach Luft. „Ich wollte nur helfen… Frau Klausen und Ursula waren so freundlich… lassen mich hier wohnen…"

„Ich glaube Ihnen kein Wort." Er sah sie forschend an und sagte mit ruhiger, bedrohlicher Stimme: „Wenn Sie meiner Familie Schaden zufügen, werde ich Sie töten. Das ist ein Versprechen."

Sabine hatte keine Gelegenheit zu antworten, denn es klopfte an der Wohnungstür. Einen Moment dachte sie, Peter Wolf würde es ignorieren und sie weiter bedrohen, aber er unterdrückte ein Fluchen und nahm seine Hände neben ihren Schultern weg.

„Vergessen Sie nicht, was ich gesagt habe", warnte er, während er zur Tür ging.

Sabine stand entmutigt da, während er die Tür öffnete und ein junges Mädchen begrüßte, das so um die zwölf Jahre alt sein musste und einen kleinen, in ein Tuch eingeschlagenen Laib Brot in den Händen hielt. „Könnten Sie das Frau Klausen geben? Es ist von meiner Mutter."

„Danke, ich werde sicherstellen, dass sie es bekommt. Komm gut nach Hause", sagte Herr Wolf in freundlichem Ton, als hätte er nicht gerade gedroht, jemanden umzubringen.

„Das mache ich."

Um weitere Konfrontationen mit diesem beunruhigenden Mann zu vermeiden, sauste Sabine in ihr Zimmer und verschloss die Tür. Es schien, als hätte sie sich jetzt zwischen die Gestapo und denjenigen gestellt, für den dieser Wolf arbeitete.

Einen flüchtigen Moment überlegte sie zu verschwinden. Ihre spärliche Habe zu packen und das Land zu verlassen. Aber so schnell, wie der Gedanke auftauchte, rang sie ihn nieder. Sie konnte nicht gehen. Nicht ohne Werner.

Sie könnte niemals mit der Schuld leben, die einzige Person im Stich gelassen zu haben, von der sie bedingungslos geliebt wurde.

Nein. Egal, wie schwierig es war, sie musste auf Kurs bleiben.

KAPITEL 18

Der Mai kam mit Sonnenschein und blühenden Bäumen. Selbst im desolaten Berlin fassten die Menschen wieder Hoffnung. Nichts sah mehr so trostlos aus, wie es im kalten, dunklen Winter erschienen war.

Sabine jedoch grauste es vor dem nächsten Treffen mit Lily, da sie ihr nichts zu erzählen hatte. Sie kämpfte mit sich, ob es nun gut oder schlecht wäre, Lily von Peter Wolf und seinen Drohungen zu erzählen. Es könnte die Gestapo besänftigen, wenn sie ihnen etwas gab, oder es könnte sie wütend machen, weil sie dachten, sie wäre aufgeflogen und würde ihnen nicht mehr von Nutzen sein.

Aber sie musste wenigstens etwas liefern, denn Kriminalkommissar Becker würde nicht mehr lange geduldig warten. Bei den beiden letzten Treffen hatte Lily bereits Andeutungen über Sabines schwache Leistungen fallengelassen. Sie musste bald mit etwas Greifbarem aufwarten. Sehr bald.

Aber wie?

Die Spannung im Klausen-Haushalt hatte seit dem schicksalhaften Abend von Peters und Annas Besuch nicht nachgelassen. Frau Klausen weigerte sich, Sabine auch nur in die Augen zu sehen, und selbst Ursula sprach nicht mehr mit ihr. Zweifellos hatte Peter ihnen von ihrer kleinen Begegnung erzählt.

Sabine hatte gehofft, mit Ursula unter vier Augen reden zu können, um ihr zu erklären, warum sie gelauscht hatte, aber Ursula war nie allein. Es schien, als hätten die anderen Angst, sie mit Sabine reden zu lassen.

Das Leben in der gemeinsamen Wohnung war deprimierend und unbequem geworden. Sabine machte das Beste daraus. Sie ging zur Arbeit, kam nach Hause, ging schlafen, und stand dann am nächsten Tag wieder auf und alles ging von vorn los.

Im Dunkel der Nacht weinte sie sich in den Schlaf, sehnte sich nach ihrem Mann und verfluchte Lily dafür, jemals mit ihr gesprochen zu haben, und verfluchte Kriminalkommissar Becker für seine himmelschreiende Erpressung. Bald schon schaute sie ständig über ihre Schulter, überzeugt, dass irgendein zwielichtiger Gestapoagent auftauchen und sie ebenfalls verschleppen würde.

Entgegen ihres Auftrags, sich mit den Klausens anzufreunden, blieb sie meist für sich und ließ ihre Zimmertür angelehnt, sodass sie das Meiste von dem, was sie sagten, hören konnte. Nicht, dass sie sich jemals belasteten.

Tatsächlich waren ihre Gespräche so belanglos, dass Sabine sich fragte, ob die Gestapo nicht die Falschen im Verdacht hatte und die Klausens in Wirklichkeit unschuldig waren. Trotzdem lauschte sie bei jeder sich bietenden Gelegenheit. In letzter Zeit drehten sich aber alle Gespräche nur noch um Annas und Peters Hochzeit, was Sabine noch mehr deprimierte, weil sie ihren Mann schmerzlich vermisste.

Sie wunderte sich darüber, wie schnell Anna und Peter die nötigen Papiere beisammenhatten, denn sie und Werner hatten unendlich viele bürokratische Hürden nehmen müssen, ehe sie endlich die Heiratsgenehmigung bekommen hatten. Aber das ging sie nichts an. Nichts in diesem Haushalt ging sie etwas an und sie verfluchte wieder einmal das Schicksal, das sie mitten in diese Intrige katapultiert hatte.

„Also, wird Lotte es schaffen?", fragte Ursula ihre Mutter.

Lotte? Ist das nicht die jüngste Schwester, die an Fleckfieber gestorben ist? Sabine hielt die Luft an und hoffte, dass niemand bemerkte, wie sie im Flur stand und sich zum Ausgehen für ein paar Besorgungen bereitmachte.

„Deine Schwester ist *tot*", sagte Frau Klausen und senkte dann die Stimme, sodass Sabine die nächsten Worte nicht verstehen konnte.

Vermutlich eine emotionale Überreaktion der hochschwangeren Frau. Da keine Antwort kam, setzte Sabine ihren Hut auf. Sorgfältig drapierte sie ihn auf ihrem Haar und betrachtete ihr Spiegelbild. Die makellose Eleganz ihres Aussehens tröstete sie, auch wenn sie wusste, dass es albern war. Aber was hatte sie sonst noch an Erinnerungen an Normalität und bessere Zeiten?

Kurz nach Peters und Annas Hochzeit rief Frau Klausen Sabine in die Küche. „Frau Mahler, ich weiß, wir hatten in letzter Zeit so unsere Differenzen, und das tut mir leid." So, wie die ältere Frau die Lippen schürzte, bemerkte Sabine sofort, dass sie ihr noch immer misstraute. „Meine Tochter und ich werden ein paar Tage nach Oberbayern reisen und ich möchte Ihnen unsere Wohnung anvertrauen."

Erleichterung machte sich in Sabine breit. Wenn die Familie weg war, würde sie nicht mehr spionieren müssen. Aber im nächsten Augenblick traf sie eine Welle kalten Schocks. Wenn die Familie weg war, brauchte die Gestapo ihre Dienste auch nicht mehr.

„Oberbayern?", fragte Sabine und warf einen Blick auf die hochschwangere Ursula. „So eine lange Reise?"

„Meine Schwester bekommt das silberne Mutterkreuz verliehen. Es gibt doch kaum einen besseren Grund, sie zu besuchen, als diesen herausragenden Anlass zu feiern", sagte Frau Klausen.

„Das ist in der Tat eine große Ehre. Glückwunsch an Ihre Schwester", sagte Sabine mit einem Lächeln, von dem sie hoffte, dass es erwidert würde. Das wurde es nicht, aber wenigstens redete Frau Klausen wieder mit ihr.

„Danke. Es ist schon eine Weile her, seit wir auf dem Land Urlaub gemacht haben. Auf die Zugfahrt freue ich mich nicht, aber es wird schön sein, meine Schwester wiederzusehen", antwortete Frau Klausen.

„Ich hoffe, Sie werden alle eine schöne Zeit verleben. Wann genau fahren Sie?"

„In zwei Tagen", beantwortete Peter, der gerade in die Küche kam, ihre Frage. Das Misstrauen in seinen eisblauen Augen war kaum verhohlen, während er sie musterte.

Am Tag vor der geplanten Abreise kam Sabine von der Waffenfabrik nach Hause und bemerkte die Spannung in der Luft. Nach den aufgeregten Stimmen zu urteilen, stritten Ursula und ihre Mutter über irgendetwas.

„Ich bleibe", sagte Ursula in dem Moment, als Sabine in die Küche trat. Als die beiden Frauen sie sahen, stoppten sie die Unterhaltung. Da es Sabine brennend interessierte, worüber die beiden stritten, entschuldigte sie sich kurz und ging in ihr Zimmer, ließ die Tür aber angelehnt. Inzwischen wusste sie, dass die beiden in ihrer Gegenwart kein weiteres Wort sagen würden.

Sie lehnte sich an die Zimmertür, hielt die Luft an und presste ein Ohr gegen den Türspalt. Das Flüstern der beiden Frauen wurde lauter. Rauer. Und nach einigen hitzigen Wortwechseln vergaßen sie ihre Vorsicht ganz und Sabine konnte ihre Worte verstehen.

„Du kannst nicht hierbleiben. Nicht allein", sagte Frau Klausen.

„Es gibt sonst niemanden, der es machen kann. Ich muss hierbleiben."

„Das ist viel zu gefährlich. Warum um alles in der Welt kannst du nicht zuerst an dich und dein Kind denken, nur dieses eine

Mal?“ Frau Klausens Stimme zitterte vor kaum unterdrückter Sorge.

„Weil diese Menschen mich brauchen, Mutter“, versuchte Ursula ihre Mutter zu beruhigen.

Diese Menschen? Die versteckten? Sabine lachte angesichts des glücklichen Zufalls beinahe laut auf. Würden die Klausens endlich über das Familiengeheimnis sprechen?

„Wir brauchen dich auch… denk an das, was deiner Schwester Lotte passiert ist.“ Mit diesen Worten ging Frau Klausen weg und Minuten später hörte Sabine die Wohnungstür ins Schloss fallen.

Was ist mit Lotte passiert? Ich dachte, sie sei an Fleckfieber gestorben? Die ganze Geschichte mit der toten Schwester stank zum Himmel. Seit Tagen sprach jeder von ihr, als wäre sie noch am Leben, und jetzt diese Warnung? Sabine zuckte mit den Schultern. Sie hatte ernstere Sorgen. Zum Beispiel, die Gestapo mit den geforderten Informationen zu versorgen.

Sabine schob die Schultern nach hinten, während sich in ihrem Kopf ein Plan formte. Sie hasste es, die Bedürfnisse und Sorgen einer schwangeren Frau zu manipulieren, aber Werners Leben stand auf dem Spiel. „Gott, vergib mir!“, flüsterte sie und trat aus ihrem Zimmer.

KAPITEL 19

„Ursula, ich will mich ja nicht aufdrängen, aber ich habe mit angehört, dass Sie lieber hierbleiben möchten, anstatt wie geplant Ihre Tante zu besuchen", sagte Sabine und setzte ein mitfühlendes Gesicht auf.

„Mutter ist einfach stur." Ursula schob ihre Unterlippe vor, eine Geste, die sie wie ein bockiges Kind aussehen ließ. Sturheit schien in der Familie öfter vorzukommen.

„Nein, Ihre Mutter ist nur um Sie besorgt", sagte Sabine, während sie den nächsten Satz sorgfältig in ihrem Kopf formulierte. „Sie sind hochschwanger und in diesem Zustand können so viele Dinge schiefgehen."

Ursulas Unterlippe kehrte an ihren Platz zurück und Besorgnis machte sich in ihren Zügen breit. „Glauben Sie?"

Sabine nickte und hasste sich für das, was sie als Nächstes tun musste. Sie kämpfte sich durch den Schmerz und die Schuldgefühle und sagte: „Ja. Das glaube ich. Normalerweise erzähle ich niemandem davon, weil die Wunden noch frisch sind, aber vor zwei Jahren habe ich innerhalb von einem Jahr zwei ungeborene Kinder verloren." Ein Schluchzen stieg in ihrer Kehle hoch und unterbrach sie. Es dauerte einen Moment, ehe sie sich wieder in der Gewalt hatte. Sie wagte es nicht, Ursula anzusehen, und war dankbar, dass die andere Frau nichts sagte. „Ich… ich war allein, als es geschah, und ich frage mich immer, ob meine Kinder überlebt hätten, wenn eine kompetente Frau an meiner Seite gewesen wäre." Der letzte Satz war eine Lüge.

„O mein Gott! Wie schrecklich! Das tut mir so leid für Sie", sagte Ursula und legte eine Hand auf Sabines Arm. „Jetzt fühle ich mich wie ein Trampeltier, dass ich hier immer so fröhlich mit meinem runden Bauch vor Ihnen herumstolziere."

Tränen schossen Sabine in die Augen, aber seltsamerweise schienen sie mehr von Ursulas unerwartetem Mitgefühl herzurühren als von der Trauer, die Sabine schon so lange mit sich herumtrug. „Ich gebe zu, es tut noch weh, aber das ist kein Grund, auf Sie neidisch zu sein." *Natürlich ist es das!* „Und ich glaube wirklich, Sie sollten mit Ihrer Mutter fahren. Nicht auszudenken, wenn…" Sabine tupfte ihre Augen ab, ehe sie fortfuhr: „Besuchen Sie Ihre Tante und alles wird gut."

Auf Ursulas Gesicht sah man deutlich die verschiedenen Gefühle, die um die Vorherrschaft kämpften. Sabine wartete geduldig ab, ehe sie fortfuhr: „Gibt es etwas, womit ich Ihnen helfen könnte? Etwas, was ich Ihnen abnehmen könnte, weswegen Sie denken, Sie müssten hierbleiben? Es macht mir nichts aus. Ich weiß, dass meine Anwesenheit hier für Sie und Ihre Mutter schwierig ist und ich würde mich gern für Ihre Freundlichkeit revanchieren."

Ursula lachte auf. „Freundlichkeit? Das trifft wohl nicht immer zu, denke ich." Sie dachte einen Augenblick nach und schüttelte dann erneut den Kopf. „Danke für das Angebot, aber es ist zu gefährlich. Ich könnte Sie niemals um Hilfe bitten."

„Sie werden noch in diesem Monat ein Kind gebären. Wenn Sie das tun können, was auch immer es ist, werde ich es wohl auch können. Wie gefährlich kann es schon sein? Bitte, lassen Sie mich helfen!", flehte Sabine, verzweifelt darum bemüht, Ursulas Meinung zu ändern. Dies könnte ihre einzige Chance sein, einen

Fuß in die Untergrundorganisation zu setzen – wenn sie denn existierte.

Ursula sah sie lange an, ehe sie langsam nickte. „Vielleicht können Sie wirklich helfen…"

„Egal was. Sagen Sie mir nur, was ich tun soll."

„Es ist nichts, wirklich. Aber wenn Sie morgen früh unserem Pfarrer eine dringende Nachricht überbringen könnten", sagte Ursula mit einem schüchternen Blick. Sabine hätte ihr am liebsten eine geklebt. Dieses ganze Mysterium und Ausweichen wegen einer einfachen Nachricht an einen Pfarrer? Was für ein Charlie-Chaplin-Klamauk war das schon wieder?

„Nun, das ist weder schwer noch gefährlich. Ich werde die Nachricht gern morgen vor der Arbeit überbringen", antwortete Sabine und tat ihr Bestes, die Enttäuschung aus ihrem Gesicht herauszuhalten.

„Pfarrer Bernau wohnt in einem kleinen Haus neben seiner Kirche." Ursula nahm Stift und Papier und zeichnete eine Karte für Sabine mit der Wegbeschreibung zu der Kirche. Dann reichte sie ihr den Zettel und sagte: „Sind Sie sicher, dass es Ihnen nichts ausmacht, das für mich zu übernehmen?"

„Überhaupt nichts. Ich bringe es gleich morgen früh hin und gebe es Pfarrer Bernau persönlich. Er ist zu der Zeit doch zu Hause, oder?"

„Ja. Normalerweise bereitet er morgens die Messe vor. Ich schreibe nur schnell die Nachricht und schiebe sie unter Ihrer Tür durch, ehe ich ins Bett gehe."

„Machen Sie das."

Ursula schenkte Sabine das erste echte Lächeln. „Danke, Ich wollte wirklich nicht allein hierbleiben, obwohl ich nicht weiß, ob es so weise ist, in meinem Zustand zu reisen."

„Fahren Sie und genießen Sie es. Und wenn es nur eine durchgeschlafene Nacht ohne Bombenangriffe ist, die Sie da unten bekommen."

Ursula kicherte und rieb ihren Bauch. „Eine Nacht durchschlafen klingt himmlisch. Noch einmal danke für Ihre Hilfe."

„Gern geschehen. Wenn es sonst nichts mehr gibt, gehe ich jetzt ins Bett." Sabine kehrte in ihr Zimmer zurück und konnte ihre Aufregung über diese Entwicklung kaum zügeln. Endlich hatte sie etwas Handfestes, das sie Lily erzählen konnte. Obwohl eine Nachricht an einen Pfarrer sicherlich nicht die belastendste Handlung der Welt war.

Schon bald wurde sie vom Schlaf übermannt und sie blinzelte kaum, als Frau Klausen und Ursula vor dem Morgengrauen aufbrachen. Aber dann erinnerte sie sich an die Nachricht und sprang aus dem Bett, um schnell das Papier aufzuheben, das auf dem Linoleum neben ihrer Zimmertür lag.

Aufregung – und Scham – brannte auf ihrem Gesicht, als sie den weißen Umschlag betrachtete und dann umdrehte. Es stand nichts darauf. *Zugeklebt!* Verdammte Ursula! War das Zukleben eines Briefumschlags nicht Beweis genug, dass er etwas Verbotenes enthielt?

Sabine musste den Inhalt des Briefes lesen, ehe sie ihn aushändigte, sonst hätte sie keine Informationen, die sie an Lily weitergeben konnte. Aber wenn der Pfarrer herausfand, dass sie den Brief geöffnet hatte, würde er misstrauisch werden. Was konnte sie tun?

Ein neuer Umschlag! Sie suchte verzweifelt in der Küche, im Wohnzimmer und sogar im zweiten Schlafzimmer. Sie fühlte sich wie eine Verbrecherin, als sie Frau Klausens und Ursulas privates Reich betrat, und hatte die ganze Zeit über das unangenehme Gefühl, beobachtet zu werden. Vorsichtig öffnete sie Schubladen und Schränke und fand – nichts. Endlich fiel ihr Blick auf einen kleinen Sekretär in der Ecke des Zimmers.

Verschlossen! Natürlich schlossen sie in ihrem eigenen Heim ihren Sekretär ab, als ob jemand kommen und nach ihren Geheimnissen suchen würde. Ihr standen die Nackenhaare zu Berge und sie kicherte hysterisch bei dem Gedanken. Es durchsuchte ja wirklich jemand das Zimmer der Klausens. Sabine sank auf das Bett und schlug die Hände vors Gesicht, als ihr klar wurde, was aus ihr geworden war: eine hinterhältige, verräterische Schlange.

Mit dem Umschlag in der Hand gab sie die Suche auf und ging in die Küche, um sich einen Tee zu machen, ehe sie zu Pfarrer Bernaus Kirche losgehen musste. Während sie den Kessel aufsetzte, ging sie ihre Optionen durch. Sollte sie Kriminalkommissar Becker anrufen und fragen, was sie tun sollte? Eine Welle der Abscheu überrollte sie und sie beschloss, je weniger Kontakt sie mit ihm hatte, desto besser.

Oder… konnte sie den Umschlag öffnen und so tun, als habe sie die Nachricht ohne Umschlag erhalten? Der Pfarrer glaubte es vielleicht. Oder auch nicht. Sabine seufzte tief. Es gab keine Lösung für ihr Problem. Der Kessel pfiff und sie sah zum Herd, während ein breites Lächeln auf ihrem Gesicht erschien. Anscheinend gab es doch eine Lösung!

Nachdem sie etwas von dem heißen Wasser für ihren morgendlichen Tee in eine Tasse gegossen hatte, schüttete sie den Rest in eine Schüssel und suchte ein Geschirrtuch. Sie hielt den Umschlag über die Schüssel, fing den Wasserdampf mit dem Handtuch ein und wartete darauf, dass der Kleber, der den Umschlag verschlossen hielt, sich löste.

Einige Minuten später drehte sie den Umschlag um und freute sich über ihren Erfolg, als das letzte Stückchen Kleber vom Papier abging. Mit vor Nervosität zitternden Fingern setzte sie sich und trank einen Schluck Tee. Zum ersten Mal seit Werners Verschwinden verspürte sie wieder Hoffnung.

Vorsichtig zog sie den Brief heraus und stellte dabei sicher, dass der Umschlag keine Knitterspuren aufweisen würde. Sie strich den Briefbogen auf dem Tisch glatt und fing an zu lesen.

Pfarrer Bernau,
bitte entschuldigen Sie, dass ich nicht an der Chorprobe in

„Die macht doch Witze!", schrie Sabine das leere Zimmer an und ballte die Fäuste. Die Chorprobe verpassen? Was genau war denn an einer dummen Chorprobe so wichtig oder dringend? Selbst wenn Ursula Solistin wäre, würde es ihre Anspielungen, dass sie gebraucht würde, nicht rechtfertigen.

Sabine suchte den Brief nach verstecktem Text ab, schüttelte dann aber verzweifelt den Kopf, als sie nichts fand. Die neu erwachte Hoffnung verflogen, steckte sie den Brief zurück in den Umschlag und klebte ihn sorgfältig wieder zu.

Minuten später verließ sie die Wohnung, um die Nachricht zu überbringen. Vielleicht konnte der Pfarrer Licht ins Dunkel bringen? Oder vielleicht war Ursulas Überreaktion vollkommen unschuldig und hing nur mit ihrer fortgeschrittenen Schwangerschaft zusammen?

Wie auch immer, sie würde ein Wörtchen mit Pfarrer Bernau reden.

KAPITEL 20

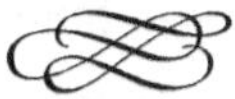

Sabine genoss die Morgensonne im Mai, ihrem Lieblingsmonat. Die Kastanienbäume in der Allee standen in voller Blüte: Blütendolden in Weiß und zartem Rosa zierten die Bäume und Blütenblätter segelten mit jedem Windhauch zu Boden.

Das Zwitschern der Amseln und anderen Vögel erfüllte die Luft, fast wie ein Chor in einem riesigen Kirchenschiff. Einige Schritte weiter sah sie ein Eichhörnchen einen Stamm hinaufflitzen und wagemutig von Ast zu Ast hüpfen. Sabine lächelte. In den Trümmern existierte weiterhin Leben und weder das Eichhörnchen noch die Vögel schienen eine einzige Sorge zu haben. Eines Tages würde das alles ein Ende haben und das Leben würde wieder normal werden. Eines Tages könnten Menschen wieder Leben und nicht nur überleben.

Sie erreichte eine kleine, relativ neue Kirche: ein einfaches, weißes Gebäude, nicht wie die pompöse Berliner Kathedrale, die an die herrlichen Zeiten des fünfzehnten und sechzehnten Jahrhunderts erinnerte.

Sabine bekreuzigte sich mit dem Weihwasser aus dem Becken neben der Tür, ehe sie eintrat. Sonnenstrahlen drangen durch die schlichten, durchsichtigen Altarfenster – vermutlich ein Ersatz für die beschädigten Buntglasfenster – und tanzten über den hell-braunen Steinboden. Auf einer der dunklen Holzbänke knieten ein paar alte Frauen mit grauem Haar, die Kopftücher fest unter dem Kinn verknotet.

Pfarrer Bernau war allerdings nirgendwo zu sehen. Sabine erinnerte sich an Ursulas Anweisungen und verließ die Kirche wieder, ging um das Gebäude herum und fand den Eingang zu dem kleinen Häuschen daneben. Ihr Herz hämmerte immer heftiger, je näher sie der Tür kam. Sie schluckte ihre Angst, Scham und die Schuldgefühle herunter, ehe sie anklopfte.

Ein hagerer Mann Ende vierzig mit warmen, braunen Augen öffnete die Tür. Er trug einen schwarzen Anzug. „Guten Morgen, wie kann ich Ihnen helfen?"

„Ich suche Pfarrer Bernau", sagte sie und fuhr sich nervös mit der Hand über die Haare.

„Sie haben ihn gefunden." Er sah sie einige lange Augenblicke an und sagte dann: „Bitte, treten Sie doch ein."

Seine Ausstrahlung war die eines Mannes, der mit sich selbst im Reinen war, und ein Gefühl der Ruhe überkam sie. Sie hatte nichts von ihm zu befürchten. „Mein Name ist Sabine Mahler und Ursula Hermann hat mich gebeten, Ihnen diese Nachricht zu überbringen."

Sorge legte sich in Falten um seine braunen Augen. „Geht es ihr nicht gut? Ist etwas mit dem Kind?"

„Nein, nein. Ursula und ihre Mutter reisen für einige Tage zu Frau Klausens Schwester. Sie war sehr durcheinander und bat mich, Ihnen unbedingt diesen Brief zu geben." Sabine zog den Umschlag aus ihrer Tasche und übergab ihn dem Pfarrer.

Pfarrer Bernau nickte, während er den Umschlag öffnete und den Brief darin las. Eine Sorgenfalte erschien auf seiner Stirn und er wirkte von dem Inhalt der Nachricht sehr bestürzt.

Eine verpasste Chorprobe – wirklich? „Stimmt etwas nicht, Herr Pfarrer?"

„Nein. Es ist nur eine kleine Unannehmlichkeit." Der besorgte

Gesichtsausdruck des Pfarrers passte nicht zu seinen beschwichtigenden Worten, deswegen beschloss Sabine, einen kühnen Schritt zu wagen.

„Ursula war so bekümmert, sie hätte fast die Reise nach Oberbayern abgesagt. Ich habe sie überredet, dass es nicht im Sinne ihres Kindes wäre, und versprochen, für sie einzuspringen, während sie weg ist.“

Pfarrer Bernau zog eine Augenbraue hoch und fragte: „Einspringen? Frau Hermann hat Ihnen gesagt, was sie tut?“

Sabine nickte und streckte dabei die Wahrheit, so weit sie konnte. „Ja, und ich bin auf Ihrer Seite. Sie hat mir davon erzählt, dass sie Leuten hilft, Unterschlupf und einen Weg aus Deutschland heraus zu finden.“

Pfarrer Bernau starrte sie eine ganze Weile lang an und Sabine tat ihr Bestes, zuversichtlich und vertrauenswürdig auszusehen. „Dann muss Frau Hermann Ihnen wirklich vertrauen. Die falschen Personen einzuweihen kann unser gesamtes Netzwerk torpedieren.“

„Ich sehe uns als Freundinnen“, sagte Sabine und versuchte, das Gefühl des Triumphs zu verbergen, welches in ihr aufstieg.

„Der Zeitpunkt, zu dem sie Berlin verlässt, ist nicht ideal, da wir einige Aktivitäten aufgrund unvorhergesehener Umstände verschieben mussten“, sagte Pfarrer Bernau, während er Sabine noch immer gründlich musterte.

„Das verstehe ich und möchte einfach nur helfen.“ Sabine hoffte, sie würde bei der platten Lüge nicht rot anlaufen. Ihr Herz zog sich zusammen. Einen Mann Gottes täuschen – noch eine Sünde, die sie zu ihrem bestehenden Berg von Verfehlungen hinzufügte.

„Ein jüdisches Mädchen versteckt sich im Schrebergarten der Klausens. Frau Hermann sollte sie zum vereinbarten Treffpunkt bringen und sie dort an eine Kontaktperson übergeben. Kennen Sie den Schrebergarten?“

„Ja.“ Noch eine Lüge. Sie wusste, dass es ihn gab, und hatte den nummerierten Schlüssel am Schlüsselbrett der Wohnung hängen sehen. „Und ich werde gern Ursulas Aufgaben übernehmen, während sie weg ist. Allerdings war ich noch nie in der Kleingartenanlage. Ursula hielt es für zu gefährlich."

„Das stimmt wahrscheinlich. Wenn Sie beide dort zusammen aufgetaucht wären, hätte es verdächtig wirken können. Da die Familie jetzt aber auf Reisen ist, können Sie hingehen und die Pflanzen versorgen. Jeder in Berlin wird verstehen, wie wichtig es ist, sich um das Gemüse zu kümmern." Ein schwaches Lächeln huschte über Pfarrer Bernaus Gesicht.

„Die perfekte Ausrede – wann soll ich dort hingehen?", fragte Sabine und ging damit ein großes Risiko ein. Sie hatte keine Ahnung, wo sich der Schrebergarten befand.

„Nicht so schnell, meine Tochter." Pfarrer Bernau sah sie eindringlich an und fragte: „Sind Sie sicher, dass Sie dieses Risiko eingehen wollen? Wenn Sie erwischt werden, werden Sie als Verräterin abgestempelt, und wir wissen alle, wie die Nazis jene behandeln, die gegen sie sind."

Sabines Herz setzte für ein oder zwei Schläge aus, nur um dann doppelt so schnell zu schlagen. Wie sie es auch drehte und wendete, sie war in diesem schrecklichen Spiel gefangen. Sie lächelte und legte eine Tapferkeit an den Tag, die sie nicht einmal annäherungsweise verspürte. „Nun, dann muss ich eben sicherstellen, dass ich nicht erwischt werde."

„Gut. Sie werden morgen einen Brief mit Anweisungen erhalten. Befolgen Sie sie auf den Punkt", sagte er.

„Das werde ich. Noch eine Frage: Soll ich den Bus nehmen oder zum Schrebergarten laufen?"

Der Pfarrer kniff die Augen zusammen. „Wie Sie hinkommen, ist egal, aber wenn Sie das Mädchen bei sich haben, müssen Sie mit der U-Bahn fahren. Der Name der Haltestelle steht im Brief."

„Danke." Innerlich jubelte Sabine. Mit dem Namen der nächsten U-Bahn-Station konnte sie die Kleingartenanlage auf einem Stadtplan finden und dann war es nur noch eine Frage des Abzählens, bis sie die richtige Parzelle gefunden hatte.

Sabine tanzte praktisch zur Arbeit und verbrachte den Tag in heller Aufregung, wobei sie alle Schuldgefühle verdrängte. Bald würde sie Werner wieder an ihrer Seite haben. Während der Mittagspause suchte sie das Münztelefon im Flur auf und wählte Lilys Nummer.

„Hallo Lily. Können wir uns heute Abend treffen? Ich habe aufregende Neuigkeiten", sagte Sabine und zum ersten Mal, seit sie zur Agentin der Gestapo geworden war, fühlte sie sich als Herrin der Lage.

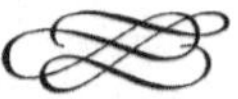

KAPITEL 21

Nach ihrer Schicht ging Sabine zügig los. Sie erreichte die vereinbarte Bank im Tiergarten, Berlins größtem öffentlichen Park, und war überrascht, dass Lily bereits auf sie wartete.

„Du siehst sehr elegant aus", bemerkte Sabine, als sie sich der anderen Frau näherte.

„Ich nehme heute Abend an einem formellen Essen teil." Lily senkte die Stimme zu einem verschwörerischen Flüstern. „Für die Arbeit. Also, was sind deine aufregenden Neuigkeiten?"

„Ich habe es endlich geschafft, die Widerstandsorganisation zu infiltrieren. Morgen werden sie mir Anweisungen geben, ein jüdisches Mädchen abzuholen und woanders hinzubringen." Sabine war spürbar außer Atem, als sie zu Ende gesprochen hatte, aber Lilys nächste Worte dämpften ihre Begeisterung.

„Ein jüdisches Mädchen? Mehr hast du nicht?" Als Sabine nickte, schnaubte Lily abfällig und schüttelte den Kopf. „Kriminalkommissar Becker interessiert sich nicht für eine weitere dreckige Jüdin. Er will den Kopf der Organisation. Das ist die Information, die du liefern sollst."

„Aber..."

„Kein Aber. Ich sage dir, was du tun wirst. Du wirst deren

Spielchen mitspielen und dich bei diesen Verrätern einschleimen. Wickele sie um den Finger. Beweise deinen Nutzen. Und um Himmels willen, wenn nötig, rette von mir aus dieses dumme Mädchen, wenn es hilft, herauszufinden, wer der Kopf hinter diesen Aktivitäten ist. Er ist die Person, die wir brauchen. Es bringt nichts, ein Mädchen zu schnappen. Wenn wir nicht die ganze Organisation ausheben, werden sie weiter Juden aus dem Land schmuggeln.“

„Warum lassen wir die Juden nicht einfach auswandern?“, fragte Sabine. „Was ist so schlimm daran? Sie sind in unserem Land nicht willkommen und wenn sie gehen wollen, umso besser.“

Lily presste mit einem hohen Stöhnen die Hand gegen die Brust. „Du bist so naiv. Hast du denn das Werk unseres großartigen Führers nicht studiert?“

„Doch, habe ich“, sagte Sabine, obwohl sie lieber gesagt hätte, dass Hitlers Buch *Mein Kampf*, das jedes Paar in Deutschland als Hochzeitsgeschenk erhielt, nichts als seitenweise wirres Gerede von hasserfülltem Gedankengut war. Nachdem sie es nicht geschafft hatte, auch nur einen bedeutsamen Gedanken aus dem Buch zu ziehen, hatte sie aufgegeben und es im Wohnzimmer ins Regal gestellt, wo jeder Besucher es sehen konnte.

„Juden sind Ungeziefer“, setzte Lily ihre Belehrung fort und zog dabei ihre zierliche Nase kraus, als ob sie ein Stinktier gerochen hätte. „Wenn auch nur einer von ihnen entkommt, werden sie sich vermehren wie Kakerlaken und unseren Lebensraum befallen. Nein, nein. Hitler sagt, für eine bessere Welt müssen wir sie alle auslöschen. Wir können keinen Samen des Unkrauts übriglassen, damit er wachsen kann und Deutschland schadet.“

Sabine fand den Vergleich abscheulich und sie fragte sich, ob Lily *auslöschen* wörtlich meinte oder wie genau das ablaufen sollte. Aber sie zog es vor, ihre eigene Meinung nicht auszusprechen und stattdessen beiläufig zu nicken und zu sagen: „Danke für deine Einsichten. Vermutlich hatte ich die Dinge nicht ganz so gesehen.“

Lily strahlte sie in dem Wissen an, dass sie Sabine auf den Weg der Erleuchtung hatte helfen können. Sabine wäre allerdings lieber vom Erdboden verschluckt worden. Jetzt log sie also nicht nur die Klausens an, sondern auch genau die Leute, die sie keinesfalls anlügen sollte, wenn sie ihr oder Werners Leben wertschätzte. Nicht, dass sie Lily mochte, oder gar die Gestapo, aber das ständige Lügen, Betrügen und Verstecken nagte an ihrer Seele.

Kein einziges wahres Wort war seit so langer Zeit aus ihrem Mund gekommen, dass sie schon Sorge hatte, sie würde vergessen, wie man sich an Fakten hielt. Sabine war immer stolz darauf gewesen, ehrlich zu sein und ihre Nase aus anderer Leute Angelegenheiten herauszuhalten. Angewidert schüttelte sie sich, als ihr bewusst wurde, was aus ihr geworden war. Einen Pfarrer täuschen. Und dazu auch noch einen sehr netten! In Pfarrer Bernaus Gegenwart hatte Sabine Frieden und Annahme gefühlt.

Und jetzt wirst du den Mann verraten... Aber nur, um das Leben eines anderen zu retten.

Sabine lächelte Lily an und versicherte: „Ich werde herausfinden, wer hinter all dem steckt."

„Gut. Ich bin mir sicher, Becker wird dich belohnen. Dann kannst du das alles hinter dir lassen." Lily legte eine perfekt manikürte Hand auf Sabines Arm. „Ich wusste, du würdest gute Arbeit leisten. Ruf mich an, wenn du die Anweisungen bekommen hast."

Sabine beobachtete Lily, wie sie wegging, und spürte, wie die abgrundtiefe Hoffnungslosigkeit wieder in ihre Seele einzog. Mit hängenden Schultern und auf den Boden gerichteten Blick kehrte sie in die Wohnung der Klausens zurück.

KAPITEL 22

Sabine stieg die Stufen in den dritten Stock hoch und suchte nach ihrem Schlüssel, nur, um zu erstarren, als sie bemerkte, dass die Tür offenstand.

Sie stieß die Tür vorsichtig mit dem Fuß auf und rief: „Hallo? Ist da jemand?"

Keine Antwort. Allerdings wurde Sekunden später die Tür ganz aufgerissen und ein Mann im dunklen Anzug richtete eine Waffe auf sie. „Ursula Hermann?"

Sie keuchte auf und schüttelte sprachlos den Kopf. Ihm schien das egal zu sein und er bedeutete ihr mit dem Lauf der Waffe, einzutreten. In der Wohnung wimmelte es von Rüpeln, die ein grauenhaftes Chaos verursachten – Schubladen wurden aus Kommoden gerissen und der Inhalt auf den Boden geworfen, Sitz- und Sofakissen wurden aufgeschlitzt, und Geschirr einfach auf den Boden geworfen.

Sabine schluckte. *Wie soll ich das nur Frau Klausen erklären?* Obwohl Frau Klausen im Moment eins ihrer geringsten Probleme war. „Ich bin nicht –"

„Hinsetzen", befahl der Mann, die Waffe noch immer auf sie gerichtet.

„Ich heiße –“

„Mund halten! Oder ich erschieße Sie! Und jetzt hinsetzen!“

Sabine klappte den Mund zu und setzte sich auf das zerfetzte Sofa. Die metallenen Sprungfedern bohrten sich schmerzhaft in ihr Gesäß. Sie saß da, die zitternden Hände im Schoß gefaltet, als mehrere Männer aus den beiden Schlafzimmern kamen.

„Nichts“, sagte einer von ihnen mit einem Kopfschütteln.

Wenigstens merkt Frau Klausen so nicht, dass ich ihr Zimmer durchsucht habe, dachte Sabine und verzog beinahe das Gesicht ob der Lächerlichkeit ihrer Gedanken. Sie hatte zurzeit definitiv schlimmere Sorgen. Zum Beispiel den Mann, der die Waffe jetzt auf ihren Kopf richtete und sagte: „Wo ist Ihr Versteck?“

„Versteck?“, fragte Sabine, von der Frage verwirrt.

„Wir haben diese Wohnung schon eine ganze Weile unter Beobachtung. Sie arbeiten für den Widerstand.“

Sabine schüttelte den Kopf. „Nein, wirklich nicht. Das ist ein Missverständnis. Ich bin Sabine Mahler und die Gestapo hat mich beauftragt –“

„Wir sind die Gestapo und wir haben Sie zu gar nichts beauftragt, jedenfalls noch nicht.“ Ein grausames Lächeln erschien auf dem Gesicht des Mannes. Er war offensichtlich verantwortlich für die Aktion, denn er rief einem anderen Mann zu: „Bring sie zum Wagen. Sie will unsere Fragen hier nicht beantworten, also kann sie das in einem unserer Verhörräume tun.“

Sabines Knie begannen zu zittern. Sie hatte gerade alles, was sie wusste, Lily erzählt, also warum hatte Kriminalkommissar Becker diese Männer in die Wohnung geschickt, um sie zu durchsuchen? „Bitte hören Sie doch, ich bin nicht die Person, von der sie glauben…“

„Das sagen alle. Erwarten Sie wirklich, dass ich Ihnen glaube?“, sagte der Beamte.

Vermutlich nicht. Sie suchte verzweifelt nach etwas, was ihn zufriedenstellen würde. „Ich habe alle meine Informationen vor nur einer Stunde an Lily weitergegeben, und –“

„Aha… also diese Lily, das ist Ihre Kontaktperson?", fragte der Beamte.

„Ja, ich soll ihr wöchentlich alle Informationen geben." Sabines Stimme bebte, aber wenigstens wedelte er nicht mehr mit der Waffe vor ihrer Nase herum.

„Sie kommen mit uns. Wir haben eine Menge zu besprechen", beharrte er. Bevor Sabine reagieren konnte, zerrte ein stämmiger Mann sie vom Sofa hoch und aus der Wohnung die Treppen hinunter. Hätte er sie nicht so brutal festgehalten, wäre sie sicher gestürzt und in einem Haufen von Knochen und Extremitäten auf dem nächsten Treppenabsatz gelandet.

„Wo bringen Sie mich hin?", fragte Sabine. Die Angst schnürte ihr fast die Luft ab, denn sie hatte eine ziemlich gute Vorstellung davon, wo sie hingebracht wurde. Die Erinnerung an das letzte Verhör im Gestapo Hauptquartier ließ ihr das Blut in den Adern gefrieren.

„Sie werden schon sehen." Der Mann quetschte sich mit einem zufriedenen Grinsen neben sie in den Wagen. „Obwohl ich bezweifle, dass es Ihnen gefallen wird."

Dreißig Minuten später hielt der Wagen vor dem verhassten Gebäude in der Prinz-Albrecht-Straße. Sabine tat ihr Bestes, um ruhig und hoffnungsvoll zu bleiben, aber das heftige Zittern ihrer Glieder verriet sie. Hatte sie nicht gerade Lily alle ihre Informationen weitergegeben? Sollte Becker nicht erfreut sein, anstatt seine Leute zu schicken, um ihre Wohnung auseinanderzunehmen?

Die Gestapo-Rohlinge zerrten sie in einen Verhörraum, der dem ähnelte, in dem sie das letzte Mal gewesen war. Die nackte Glühbirne, die von der Decke baumelte, flackerte rhythmisch, was ihr Kopfschmerzen bereitete.

Als sie in den Raum geschubst wurde, fiel sie auf den Stuhl und konnte gerade noch die Tischkante greifen, um sich abzufangen und nicht zu stürzen. „Ich bin nicht Ursula Hermann. Mein Name ist Sabine Mahler. Das ist ein riesiges Missverständnis."

„Sagen Sie uns die Namen der Leute, mit denen Sie arbeiten", verlangte der Beamte und ignorierte ihre Proteste.

Sabine schüttelte den Kopf, weil sie nicht wusste, wovon er sprach. „Namen? Sie kennen die Namen."

Eine Faust traf ihr Kinn. „Geben Sie uns die Namen der Leute, mit denen Sie arbeiten, und wir verschonen Ihr Leben."

„Bitte…" Ihre Lippen zitterten und sie musste Luft holen, ehe sie weitere Worte herausbekam. „Ich arbeite für Kriminalkommissar Becker."

Der Beamte notierte pflichtbewusst den Namen und begriff dann, was sie gesagt hatte. „Lügnerin!" Der Schlag ins Gesicht kam ohne Vorwarnung und Sabine presste ihre Hand auf die brennende Wange. „Sagen Sie mir die Wahrheit!"

„Ich wurde angewiesen, ein Untergrundnetzwerk zu infiltrieren", versuchte sie zu erklären.

„Also geben Sie zu, eine Subversive zu sein?"

„Nein." Das Wort war ein verzweifeltes Jaulen. „Das bin ich nicht. Becker hat mir gesagt, ich soll es infiltrieren –" Ein weiterer schneidender Schlag schnitt den Rest des Satzes ab. Sabine schmeckte Blut in ihrem Mund und berührte mit einer Hand vorsichtig ihre Wange, zuckte zusammen und versuchte, dem Drang zu weinen nicht nachzugeben.

Diese Männer glaubten ihr kein einziges Wort. Wenn ihre Situation nicht so schrecklich gewesen wäre, hätte sie laut gelacht. Eine Hand des lausigen Ladens wusste nicht, was die andere tat.

Nennen Sie uns die Namen ihrer Kontaktleute", sagte der Beamte, ging um sie herum und stellte sich hinter sie. „Jetzt!" Seine Hände legten sich auf ihre Schultern und sie würgte unwillkürlich.

„Das kann ich nicht. Noch nicht. Ich habe noch nicht herausgefunden, wer noch für diese Organisation arbeitet."

„Warum glaube ich Ihnen nicht?", fragte der Beamte und schlug sie auf den Hinterkopf. „Geben Sie mir die Namen."

„Ich habe Ihnen doch gesagt, dass ich versuche, die Namen zu bekommen, aber ich habe erst heute Kontakt aufgenommen."

„Lügen! Nichts als Lügen!", schrie der Beamte. „Hören Sie auf zu lügen und sagen Sie mir, mit wem Sie zusammenarbeiten."

„Das habe ich Ihnen schon gesagt, ich arbeite für Kriminalkommissar Becker."

„Frau Klausen, Sie befinden sich hier auf sehr dünnem Eis. Vielleicht brauchen Sie etwas Zeit, um über Ihre Umstände nachzudenken. Wenn wir zurückkommen, würde ich vorschlagen, Sie geben uns die Namen der Leute in der Widerstandsorganisation."

Er musste nicht sagen, was die Folgen wären, wenn sie dem nicht nachkam. Der kalte Blick sagte ihr alles, was sie wissen musste. Nachdem die Männer weg waren, saß sie auf dem Stuhl und wagte es nicht, sich zu bewegen, falls sie beobachtet wurde. Ihr Körper schmerzte von der Anspannung in ihren Muskeln, ihre Wange pochte und ihr Mund war trockener als Saharasand.

Geräusche von draußen erregten ihre Aufmerksamkeit und sie zuckte auf ihrem Stuhl zusammen, als die Tür plötzlich aufgeworfen wurde. Sie war sicher, dass ihr letztes Stündlein geschlagen hatte. Aber dann hörte sie Kriminalkommissar Becker sagen: „Diese Frau ist meine Informantin. Ich werde das Verhör übernehmen."

Erleichterung durchflutete sie, verwandelte sich aber direkt wieder in Schock, als er begleitet von zwei der widerlichen Kerle, die sie zuvor so rau behandelt hatten, in den Raum trat. Sein steinerner Blick streifte sie und registrierte das geschwollene Gesicht.

„Frau Mahler, ich bitte Sie, das schlechte Benehmen meiner Kollegen zu entschuldigen", sagte er und starrte die blauen Flecken an, die sich auf ihrer Wange bildeten. „Sie sind manchmal etwas übereifrig in ihrer Pflichterfüllung für das Reich. Aber es ist erfreulich, Sie wiederzusehen."

Eisige Spinnen krabbelten über ihre Haut und sie zog die

Schultern hoch. Die lahme Entschuldigung des Mannes schaffte es noch nicht einmal, den Verdacht der Ehrlichkeit zu erregen.

„Also, erzählen Sie, welche Informationen haben Sie für mich?" Er nahm ihr gegenüber Platz, ohne je seinen bösartig starrenden Blick von ihr abzuwenden.

Sabine schüttelte langsam den Kopf, spürte, wie ihre Wange stärker pochte und ihre Haare sich lösten. Eine der Haarnadeln hatte sich gelockert und sie fürchtete, dass bald ihre Frisur – und ihr Leben – in sich zusammenfallen würde. Sie blinzelte mehrmals, als ihr bewusst wurde, dass ihre Gedanken abgewandert waren. Dies war weder der Ort noch die Zeit für Eitelkeiten und wenn sie dieses Verhör überleben wollte, sollte sie besser ihren Verstand wach halten.

Sie brauchte zu lange für ihre Antwort und Becker klatschte direkt vor ihrem Gesicht in die Hände, sodass sie zusammenfuhr. „Frau Mahler, ich werde nicht gern ignoriert."

„Herr…Herr Kriminalkommissar, ich habe im Moment noch keine Namen. Ich soll ein jüdisches Mädchen wegschaffen und bekomme morgen Anweisungen. Sie sind sehr vorsichtig, aber morgen bekomme ich endlich mehr Informationen."

Becker schüttelte den Kopf und schnalzte mit der Zunge. „Warum glaube ich Ihnen nicht? Ich glaube, Sie halten mich hin und versuchen, diejenigen zu schützen, die das Reich zerstört sehen wollen. Das macht mich traurig. Sehr traurig."

Jetzt krabbelten hektische Spinnen überall über ihre Haut. „Nein, Herr Kriminalkommissar. Das würde ich niemals tun. Tatsächlich habe ich erst heute Nachmittag mit Fräulein Kerber geredet, um die nächsten Schritte zu besprechen."

Becker schürzte anscheinend tief in Gedanken die Lippen und sagte: „Ich glaube Ihnen trotzdem nicht. Das dauert mir alles viel zu lange. Mir scheint, Sie brauchen etwas mehr Motivation." Er nickte den beiden Männern zu, die rechts und links von der Tür Wache standen. Sie schlüpften wortlos aus dem Raum.

Sabine atmete kontrolliert und versuchte ihre Nerven zu beruhigen, die ihre Knie noch immer zittern ließen. Ein Aufruhr im Flur ließ sie den Kopf drehen und aufstöhnen, als Werner von den zwei Beamten in den Raum geschleift wurde.

Sie erkannte ihn in der zerrissenen und dreckigen Kleidung und den nackten Füßen kaum wieder. Sein liebes Gesicht war von blauen Flecken übersät, blutverkrustet, und er war viel dünner, als sie ihn in Erinnerung hatte.

„Werner!" Sabine sprang auf die Füße, aber ehe sie zu ihm eilen konnte, zwang sie ein fester Griff um die Schultern wieder auf den Stuhl. Sie drehte etwas den Kopf und sah in die unnachgiebigen Augen eines der Beamten, die sie festgenommen hatten.

„Sabine? Du? Was?", sagte Werner schwach und schwieg sofort wieder, als einer der Beamten ihm ins Gesicht schlug und „Ruhe!" brüllte.

Becker nickte den beiden Männern zu, die Werner aufrecht hielten, und sie fesselten ihn mit Handschellen an die Wand aus Schlackenbetonblöcken, sodass seine Arme weit ausgestreckt waren. Er sah fast aus wie Jesus am Kreuz und Sabine schluckte einen ängstlichen Schrei herunter, als einer der Männer die Reste von Werners Hemd von seinem Körper riss und die roten Striemen auf der nackten Haut seines Rückens offenbarte. Zitternd vor Angst und Wut wandte sie sich an Kriminalkommissar Becker, der sie anlächelte und das Spektakel offensichtlich genoss.

Mit möglichst ruhiger Stimme schaffte sie zu sagen: „Sie haben versprochen, dass meinem Mann nichts passiert, wenn ich tue, was Sie wollen."

„Sie sehen ja selbst, dass er noch lebt", sagte der bösartige Hundesohn.

„Aber gerade so eben." Sabine schüttelte den Kopf, während Tränen in ihren Augen brannten.

Becker zuckte die Achseln. „Es hat sich herausgestellt, dass er ein äußerst unkooperativer Mitspieler in unserem kleinen Spielchen ist."

Spielchen? Das ist ein Spielchen für Sie? Sabine hielt die wütende Erwiderung zurück, denn sie wusste, dass Werner dafür zahlen würde.

Einer der Beamten holte jetzt eine vielzüngige Peitsche hervor. Becker strich mit großer Freude über die Peitsche, als sie ihm ausgehändigt wurde, fast, als würde er eine Frau streicheln. Er schlug sie leicht gegen seinen Oberschenkel, während er in dem kleinen Raum auf und ab ging. „Frau Mahler, wissen Sie, was das ist?"

Sabine bekam um ihr Leben kein Wort heraus. Ihre Augen klebten förmlich an dem Folterinstrument. Becker schien das nichts auszumachen. Ohne auf eine Antwort zu warten, sagte er: „Das ist eine Riemenpeitsche. Die Römer waren in ihrer Benutzung besonders bewandert. Auch wenn ich nicht behaupten kann, so geübt zu sein, wie sie es waren… glaube ich doch, dass ich eine ruhige Hand entwickelt habe, sowie die Fähigkeit, sie eine ganze Weile zu gebrauchen, ohne dabei zu ermüden."

Er knallte die Peitsche vor Sabine auf den Boden und sie fuhr zusammen. „Sagen Sie mir, was ich wissen will, oder Ihr Mann zahlt den Preis. Geben Sie mir einen Namen. Nur einen."

Sabines Augen weiteten sich, als der Horror der Situation in ihr Bewusstsein drang. Sie schüttelte den Kopf und flehte Becker an: „Ich habe heute den ersten Kontakt gemacht, mit einem Pfarrer, aber ich habe keine anderen Namen… ich brauche mehr Zeit."

„Der Pfarrer ist nur ein Bote", sagte Becker und nickte ihr kalt zu, ehe er zur Wand ging und die Riemenpeitsche auf Werners Rücken niedersausen ließ. Rote Streifen erschienen auf seiner nackten Haut.

„Aufhören! Bitte…", schrie Sabine über Werners schmerzvolles Aufstöhnen hinweg.

„Sagen Sie mir, was ich wissen will", verlangte Becker erneut.

„Ich habe noch keine Namen. Ich werde morgen weitere Anweisungen bekommen. Bitte, tun Sie ihm nicht weh", bettelte sie den Tränen nahe.

Becker erwiderte nichts. Er schüttelte seine Hand, wobei die

Peitsche ein raschelndes Geräusch machte. Im nächsten Moment wurde sein Gesichtsausdruck sehr konzentriert und er peitschte Werner immer wieder.

Sabine schrie auf und bettelte, dass er aufhören solle, während eiserne Hände sie auf dem Stuhl festhielten. Sie musste zusehen, wie dort, wo die Riemen die Haut aufrissen, das Blut Werners Rücken herunterrann, und sie spürte, wie ihr Herz in tausend Stücke zersprang.

Nach einem Dutzend Schläge hörte Becker endlich auf. Er machte eine langsame Drehung, um sie mit einem herrischen Blick zu durchbohren. Schweißtropfen standen ihm auf der Stirn. „Sind Sie bereit, mir zu sagen, was ich wissen will, oder soll ich weitermachen?"

„Nein! Ich tue alles. Wirklich alles, aber bitte hören Sie auf, meinen Mann zu schlagen." Sabine war es egal, dass sie bettelte. Stolz hatte in einem Universum mit der Gestapo keinen Platz. „Ich habe jetzt noch keinen Namen, aber ich kann Ihnen einen besorgen. Ich verspreche, wenn Sie mir nur ein paar Tage Zeit geben, beschaffe ich die Informationen, die Sie haben wollen. Sobald ich herausfinde, wo das Mädchen ist, rufe ich Sie an, versprochen."

Kriminalkommissar Becker betrachtete sie lange Zeit eingehend und nickte dann den Beamten zu. „Nun gut. Nehmt ihn ab und bringt ihn weg."

„Aber… O bitte, tun Sie ihm nicht mehr weh. Ich beschaffe die Informationen, die Sie wollen."

„Und wenn Sie das tun, bekommen Sie Ihren Mann zurück."

Sabine sah zu, wie die Männer Werner aus dem Raum schleiften. Er hatte während der ganzen Prozedur kein Wort gesagt oder geschrien, aber sein schmerzvolles Stöhnen hallte in ihren Ohren und ließ ihre Seele gefrieren. „Bitte bringen Sie ihn nicht um. Bitte…"

„Beschaffen Sie mir die Informationen, die ich brauche, und ihrem Mann wird kein Haar gekrümmt, aber…", ein böses Grinsen erschien auf seinen Lippen, „… lassen Sie sich nicht allzu viel

Zeit." Er befahl den Beamten, sie gehen zu lassen, und verschwand.

Einige Minuten später fand Sabine sich auf dem Bürgersteig vor dem Gestapo-Hauptquartier wieder, allein, untröstlich, verängstigt und wissend, dass, wenn sie nicht bald ein paar Namen lieferte, sie Werners Todesurteil unterschrieb.

Zurück in der Wohnung nutzte Sabine die Einsamkeit, um ihrer lähmenden Angst freien Lauf zu lassen. Sie sank auf das zerfledderte Sofa und schrie ihre Frustration in ein Kissen. Frau Klausen und Ursula mochten nicht zu Hause sein, aber die Wände in dieser Wohnung hatten Augen und Ohren.

Sie lag auf dem Sofa und fragte sich, wie um alles in der Welt sie in dieses Schlamassel geraten war, in das ihr Leben sich verwandelt hatte, wenn sie doch nur allem Ärger hatte aus dem Weg gehen wollen. Gezwungen, als Informantin für die Gestapo zu arbeiten. Sie würde nicht nur die Klausens verraten, sondern auch den netten, warmherzigen Pfarrer Bernau, und wer weiß, wie viele Leute noch.

Sie hatten sie in die Ecke getrieben und das Eine vor ihrer Nase baumeln lassen, das sie am meisten liebte, sodass sie von Trauer und Angst überwältigt war.

War es falsch, dass sie ihrem Mann das Leben retten wollte?

KAPITEL 23

Sabine wachte vor Tagesanbruch auf und fühlte sich, als hätte ein Zug sie überrollt. Am liebsten wäre sie den Rest ihres Lebens unter der Bettdecke versteckt geblieben, aber sie stöhnte und schleppte sich zur Wohnungstür. Da außer ihr niemand in der Wohnung war, hielt sie es nicht für nötig, einen Morgenmantel oder Pantoffeln anzuziehen.

Ein Zettel lag auf dem Boden vor der Tür und verhöhnte sie mit seinem makellosen Weiß. Sie wurde langsamer, näherte sich vorsichtig, als ob das unschuldige Papier sich in einen Drachen verwandeln und Feuer speien würde. Ihr Herz hämmerte in ihrem Hals und sie wartete einige Augenblicke lauschend. Nichts. Nicht einmal Frau Weber schien zu dieser unchristlichen Stunde wach zu sein.

Jemand hatte sich in die Nacht hinausgewagt, um diesen Zettel unter ihrer Tür durchzuschieben. Die Anweisungen. Sie widerstand dem Drang, sich wieder ins Bett zu legen und so zu tun, als würde sie nicht existieren, bückte sich stattdessen und hob den Zettel mit den Fingerspitzen hoch, wobei sie ihn weit von sich weghielt.

Nachdem sie ihn auseinandergefaltet hatte, sprangen ihr schwarze, mit der Schreibmaschine getippte Buchstaben in die

Augen. Es fühlte sich an wie ein Blitzschlag und sie ließ das Papier los. Es segelte zu Boden, flatternd wie ein Vogel.

Sabine ließ es liegen und drehte sich auf dem Absatz um, um sich ihrer Morgentoilette zu widmen. Sie schminkte und frisierte sich besonders sorgfältig und kleidete sich in ihrer üblichen, makellosen Art. Nachdem sie Tee gekocht und eine Kleinigkeit gefrühstückt hatte, konnte sie es beim besten Willen nicht länger hinauszögern, und sie kehrte in den Flur zurück, um die gefürchteten Anweisungen zu lesen.

Holen Sie Ellen und nehmen Sie die U-Bahn um 19 Uhr von Ruhleben zum Zoologischen Garten. Warten Sie unter der großen Uhr im Hauptgebäude mit einer Zeitung, die auf Seite 7 aufgeschlagen ist. Ihr Kontakt wird das Gleiche tun.

Sabines Atmung wurde schnell und flach und sie musste sich auf das zerstörte Sofa setzen, um ihre bebenden Knie wieder unter ihre Gewalt zu bekommen. Nach einigen Minuten nahm sie den Hörer ab und rief die Nummer an, die Kriminalkommissar Becker ihr gegeben hatte.

Eine weibliche Stimme meldete sich und Sabine musste endlose Minuten warten, ehe sie endlich zu Becker durchgestellt wurde.

„Frau Mahler? Was für eine nette Überraschung“, sagte er mit tiefer Stimme.

Es ist überhaupt nicht nett und definitiv keine Überraschung, du Dreckshund. „Ich… habe… meine Anweisungen erhalten. Die Übergabe findet um 19 Uhr am Bahnhof Zoologischer Garten statt“, stammelte Sabine in den Hörer.

„Gut gemacht. Ich bin immer wieder erstaunt, wie sehr eine kleine *Motivation* die Moral fördert.“ Sabine wünschte, sie könnte dieses abartige Stück Dreck durch die Leitung zerren und erwürgen. „Sie werden genau tun, was Ihnen gesagt wurde, aber meine Männer werden auf Sie und die Kontaktperson warten. Machen Sie keine Dummheiten.“ Die unverhohlene Drohung in seiner Stimme hallte durch den Raum, sodass Sabine unwillkürlich schluckte und nickte. Dann fiel ihr ein, dass er sie nicht sehen konnte, und sagte: „Ja."

„Braves Mädchen. Ihr Mann wird so stolz auf Sie sein", sagte Becker und hängte auf.

Sabine sackte auf dem Sofa zusammen. Als Feuerwehrmann riskierte ihr Mann täglich sein Leben, um andere Menschen zu retten. Und seine Frau warf andere vor den Zug, um ihn zu retten? Werner würde sicherlich kein bisschen stolz auf sie sein.

Dankbar, ja. Aber stolz? Ein grässlicher Gedanke schoss ihr durch den Kopf. Was, wenn er noch nicht einmal dankbar wäre? Was, wenn er ihr vorwarf, ein ebenso abartiges Monster zu sein wie *die*?

Sie schnappte sich den Schlüssel für den Schrebergarten und machte sich kurz darauf eilig auf den Weg zur Fabrik, dankbar für die Ablenkung bei der Arbeit. Nach ihrer Schicht ging sie sofort zur Kleingartenanlage. Wie ein Flickenteppich aus tiefen Braun- und lebendigen Grüntönen sah das Gelände mit Gemüsebeeten, kleinen Hütten und Schuppen aus. Sie blieb vor einem Holztor mit der gleichen Nummer stehen, die auf dem Schlüssel in ihrer Hand stand. Das Tor war höher als ein ausgewachsener Mann, und wurde von ebenso hohen Thujahecken eingerahmt. Sabine öffnete das Vorhängeschloss.

Hinter der Hecke lag ein kleiner Garten mit buntem Gemüse und grünem Salat. Alles trug unfehlbar Frau Klausens Handschrift. Sabine folgte den Trittsteinen an einem Brunnen vorbei und blieb vor einem Holzschuppen stehen. Das Holz zeigte Altersspuren, war aber erstaunlich gut gepflegt. Sabine konnte nicht anders, als sich zu fragen, wie oft der Schuppen heimliche Gäste aufnahm.

Sie trat in den Schuppen und schloss die Tür fest hinter sich, bevor sie leise rief: „Ellen? Ich bin Sabine und bin hier, um dich an einen anderen Ort zu bringen." Es dauerte etwas, bis ihre Augen sich an die Dunkelheit gewöhnt hatten, die nur durch einzelne Sonnenstrahlen erhellt wurde, die durch Ritzen in den geschlossenen Fensterläden schienen.

Ein dürres Mädel kauerte auf einer Matratze in der Ecke und als sie aufstand, quoll Sabines Herz über vor Mitgefühl für das Nervenbündel, das vor ihr stand. Das Mädchen war nur ein Kind und konnte nicht älter als zwölf Jahre alt sein. „Komm. Wir müssen gehen."

„Sie sind nicht Ursula", sagte das Mädchen und suchte mit den Händen hinter sich nach den Holzbrettern.

„Nein, bin ich nicht, aber Ursula musste verreisen und hat mich stattdessen geschickt."

„Woher soll ich wissen, dass Sie die Wahrheit sagen?", fragte Ellen und schürzte die Lippen.

„Du wirst mir vertrauen müssen. Wir dürfen keine Zeit verlieren, weil ich dich in fünfundvierzig Minuten an eine andere Person übergeben muss." Sabine sah die Gefühle, die auf Ellens Gesicht miteinander kämpften, und fügte hinzu: „Ich werde dir nichts tun."

Ellen nickte und kam endlich einen Schritt auf Sabine zu. „Ich habe solche Angst. Ich will nicht sterben."

„Du wirst nicht sterben. Und jetzt komm." Sabine streckte ihre Hand aus und Ellen nahm sie. Ein schmerzlicher Stich durchfuhr sie, als ihr bewusst wurde, dass Ellen ihr blind vertraute und ihr Leben in Sabines Hand gab… und, dass Sabine sie verraten würde. Das unschuldige Mädchen den widerlichsten Dreckskerlen ausliefern würde, die je die Erde bevölkert hatten. Mit Ellens schmaler Hand in Sabines gingen sie zur Haltestelle Ruhleben der U-Bahnlinie 2.

Wie passend. Ruhleben war der euphemistische Name für Friedhof. Es schien wie ein böses Omen und Sabine lief es trotz der warmen Maisonne eiskalt den Rücken runter. Kurze Zeit später traten die beiden auf den Bahnsteig und warteten auf die nächste Bahn. Vor dem Krieg waren die Züge alle paar Minuten gefahren, aber durch die vielen beschädigten Gleise war die Ankunft inzwischen reine Glückssache. Sabine warf einen nervösen Blick auf ihre Armbanduhr.

Als die U-Bahn endlich ankam, stiegen Hunderte Menschen

aus, inklusive dem Schaffner, der auf die andere Seite der Bahn gehen musste, um die Richtung zu ändern. Sabine und Ellen waren zwei der wenigen Passagiere, die in die Stadt wollten. Alle anderen waren am Ende ihres Arbeitstages froh, in die wesentlich sichereren Vororte zu kommen.

Acht Stationen bis zum Zoologischen Garten, wo sie ihre Kontaktperson treffen und Ellen übergeben sollte. Aber die Gestapo würde auch dort sein. Und sie würden Ellen mitnehmen.

Reichssportfeld. Neu-Westend. Adolph-Hitler-Platz. Mit jeder Station stiegen Sabines Schuldgefühle ins Unermessliche, bis sie glaubte, an der Dunkelheit in ihrer Seele ersticken zu müssen.

Sie sah das blasse junge Mädchen an. Ihr rabenschwarzes Haar hing strähnig auf ihre Schultern, die dunklen Augen waren voller Qual – und Hoffnung. *Ich bin kein Monster. Ich kann das nicht tun!* An der nächsten Haltestelle sprang sie auf, zerrte an Ellens Arm und sagte: „Beeil dich, wir müssen hier raus.“

Ellen sah sie verwirrt an, folgte aber, obwohl sie kaum in der Lage war, Sabines hektisches Tempo mitzuhalten.

KAPITEL 24

Sabine hatte sich verlaufen. Sie war noch nie in diesem Teil der Stadt gewesen und hatte keine Ahnung, was sie als Nächstes tun sollte. Mit Ellen an der Hand ging sie weiter geradeaus, sah nicht nach rechts oder links. Weiter, immer weiter. Sie kamen an Kratern in der Straße vorbei, verbogenen Straßenbahnschienen, Schutt, aber sie hielten nicht an.

Zufällig erkannte Sabine das Restaurant, in dem sie vor so vielen Wochen mit Lily gewesen war. Jetzt wusste sie wenigstens, wie sie von hier aus nach Hause kam. Aber in dem Moment, als ihr der Gedanke kam, fiel ihr auch ein, dass ihr Zuhause nicht mehr existierte. Und mit Ellen im Schlepptau konnte sie nicht in die Wohnung der Klausens zurückkehren.

Sie hatte gerade eine weitreichende Entscheidung getroffen. Einen Wendepunkt erreicht. Und mit der Entscheidung für Gut über Böse hatte sie sich selbst in eine Sackgasse manövriert.

Mit einem Blick auf ihre Armbanduhr schätzte sie, dass, wenn sie nicht innerhalb von fünfzehn Minuten mit Ellen am Zoologischen Garten auftauchte, die Gestapo wissen würde, dass etwas schiefgelaufen war. Sie würden Werner töten, sie selbst aufspüren... Ellens kleine Hand drückte ihre, als ob das Mädchen ihre

Gedanken gelesen hätte. Ellen sah sie mit großen, wissenden Augen an. „Etwas stimmt nicht, oder?"

Sabines Augen drohten vor Tränen überzulaufen, aber sie blinzelte die Feuchtigkeit weg. Nicht einmal in ihrer dunkelsten Stunde ohne jeglichen Hoffnungsschimmer würde sie Ellen sehen lassen, dass ihr beider Leben an einem seidenen Faden hing.

Sei vernünftig. Atme. Es gibt immer Hoffnung. „Ich werde eine Lösung finden", sagte Sabine, ohne genau zu wissen, wie sie das anstellen sollte. Aber sie würde es versuchen. Eines nämlich wusste sie. Sie konnte dieses unschuldige Kind nicht der Gestapo übergeben. Nicht einmal, um Werner zu retten.

Sie blieb stehen und kniff die Augen zusammen. Wie konnte sie zwischen zwei Leben wählen? Wie konnte sie entscheiden, welches Leben mehr Wert hatte? Wann zum Teufel hatte das Universum entschieden, dass ausgerechnet sie das Schicksal zweier Menschen in den Händen halten sollte? Dass sie Retterin und Henkerin zugleich sein sollte?

Ihre Gedanken rasten. Werner würde ihr niemals verzeihen, wenn sie ein unschuldiges Kind opferte. Nach all ihren gemeinsamen Jahren wusste sie das ganz sicher. *Ich werde Ellen beschützen. Egal, was es kostet.*

Aber wohin konnten sie jetzt noch gehen? Die einzige vertrauenswürdige Person, die ihr in den Sinn kam, war Pfarrer Bernau. Es war ein Risiko, aber er würde wissen, was zu tun war. Ja, er würde es wissen.

„Komm", sagte sie zu Ellen, „wir werden einen Freund um Hilfe bitten."

Sie nahmen die Straßenbahn und den Bus und fünfundvierzig Minuten später klopfte Sabine an Pfarrer Bernaus Tür.

„Frau Mahler, was machen Sie hier mit dem Mädchen?", zischte Pfarrer Bernau, die Augen weit vor Schreck. Er zog sie beide hastig nach drinnen, schloss die Tür ab und sagte: „Sie hätten nicht hierherkommen dürfen. Was ist passiert?"

„Es tut mir leid, aber wir brauchten einen sicheren –"

Er schnitt ihr das Wort mit einer Handbewegung ab. „Sie sind bei mir nicht sicher, und jetzt bin ich es auch nicht mehr. Ist Ihnen jemand gefolgt?"

Sabine schüttelte den Kopf und spürte, wie eine neue Welle der Schuld anrollte und sie zu überwältigen drohte. Würde das niemals aufhören? Der grauenerregende Wirbelsturm von Gefühlen, der in ihrem Kopf tobte?

„Warten Sie hier", sagte der Pfarrer zu Sabine und verschwand mit Ellen durch die Verbindungstür zur Kirche.

Sabine biss sich auf die Lippen, während sie im Zimmer auf und ab wanderte und auf Pfarrer Bernaus Rückkehr wartete. Derweil sandte sie ein Stoßgebet in den Himmel, in der Hoffnung, Gott würde ein Wunder tun, um Ellen und den Pfarrer zu beschützen. Als sich die Verbindungstür zehn Minuten später wieder öffnete, brach sie nach einem einzigen Blick auf sein besorgtes Gesicht in Tränen aus. „Es tut mir so leid. Ich wollte nicht, dass all das passiert."

Pfarrer Bernau legte ihr einen Arm um die Schultern und führte sie zu einer kleinen Bank. „Erzählen Sie mir, was passiert ist."

Sie brauchte keine weitere Aufforderung und die ganze schreckliche Geschichte, angefangen mit dem Moment, seit Lily sie angesprochen hatte, floss aus ihr heraus. „Kriminalkommissar Becker hat versprochen, das Leben meines Mannes zu verschonen, wenn ich dafür Frau Klausen ausspioniere und ihm die Anführer der Organisation liefere. Ich habe ihm von der Übergabe heute Abend erzählt, aber dann konnte ich es nicht tun", schluchzte Sabine. „Ich bin so ein furchtbarer Mensch."

Pfarrer Bernau schüttelte den Kopf. „Der Krieg hat die Macht, selbst Heilige in Monster zu verwandeln. Sie haben im entscheidenden Moment das Richtige getan. Vergessen Sie das nicht. Sie haben heute Ellens Leben gerettet."

„Aber ich habe wahrscheinlich meinen Mann dabei umgebracht und Ihnen und allen anderen, die involviert sind, die Gestapo auf den Hals gehetzt."

Trotz der offensichtlichen Besorgnis auf seinem Gesicht, sprach Pfarrer Bernau in beruhigenden Worten auf sie ein und bot ihr ein Glas Wasser an. Während sie trank, tätigte er einen Anruf und kurz darauf klopfte jemand an der Tür.

Sabine konnte niemanden sehen; sie hörte nur das Murmeln einer weiblichen Stimme, die mit dem Pfarrer sprach. Sie bekam mit, dass er die Frau bat, Ellen aus der Kirche zu holen und in ein anderes Versteck zu bringen.

Der Pfarrer kehrte in sein Büro zurück und sagte: „Ellen wird in Sicherheit gebracht. Und Sie müssen jetzt auch gehen."

„Nein! Sie werden nach mir suchen."

„Sie müssen zurückgehen."

„Ich kann nicht. Nein, das werde ich nicht." Sabine packte den Schreibtisch, als wollte er sie mit Gewalt aus dem Raum schieben.

„Es ist unsere einzige Chance. Sie müssen uns etwas Zeit kaufen, damit wir Ellen aus der Stadt und auf den Weg in Sicherheit bringen können."

„Aber was soll ich denen sagen?", fragte Sabine, die sich plötzlich gar nicht mehr so sicher war, ob sie das Richtige getan hatte. „Ich will nicht in einer ihrer Folterkammern landen."

Ein trauriges Lächeln erschien auf Pfarrer Bernaus Gesicht. „Das ist jedermanns schlimmster Albtraum. Aber glauben Sie mir, je normaler Sie sich verhalten, desto besser sind Ihre Chancen. Gehen Sie nach Hause. Rufen Sie Becker an und sagen Sie ihm, dass etwas schiefgelaufen ist."

„Ich glaube nicht, dass ich das schaffe. Ich kann nicht weiterlügen. Sehen Sie denn nicht, dass es mich innerlich umbringt?"

„Frau Mahler, ich sehe keine andere Möglichkeit. Manchmal ist eine Lüge das kleinere Übel. Sie haben Ellen heute gerettet. Lassen Sie es nicht umsonst gewesen sein." Der Pfarrer sah sie mit

stiller Zuversicht an und fügte dann hinzu: „Gott wird Ihnen beiste-
hen. Jetzt gehen Sie."

Sabine nickte, holte tief Luft und huschte durch die Verbindungstür in die Kirche. Ihr Plan war, eine Telefonzelle zu finden
und Lily von ihrer Planänderung zu erzählen. Aber als sie eine
funktionierende Telefonzelle auf halbem Weg zur Wohnung der
Klausens fand, hatte sie eine wesentlich bessere Idee.

Eine, die hoffentlich sie und Werner einen weiteren Tag am
Leben halten würde. Sie legte an Tempo zu und nahm die U-Bahn
zum Hauptquartier der Gestapo.

KAPITEL 25

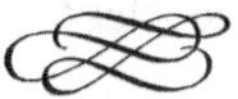

Sabines Knie zitterten vor Angst, als sie durch die Türen der Prinz-Albrecht-Straße 8 trat. Die letzten beiden Male, die sie hier gewesen war, hatten Gestapobeamte sie begleitet und vorangeschubst.

Jetzt zerrte die Größe der Eingangshalle an ihren Nerven und verursachte eine neue Panikwelle. Eine unheimliche Kälte kroch ihr den Rücken hoch und drängte sie dazu, auf dem Absatz kehrtzumachen und zu fliehen. Sie schloss einen Moment lang die Augen und atmete tief durch. Als sie sie wieder öffnete, bemerkte sie eine uniformierte Frau, die an der Rezeption saß.

„Guten Abend, ich würde gern mit Kriminalkommissar Becker sprechen", sagte Sabine und hoffte, dass ihre Stimme ihre Nervosität nicht verriet.

„Worum geht es?", fragte die Frau mit einem kritischen Blick.

„Er erwartet Informationen über einige Subversive. Sagen Sie ihm, Sabine Mahler ist hier."

Die Frau nahm zögerlich den Telefonhörer ab und sprach ein paar Worte. Dann zeigte sie auf eine Reihe hölzerner Stühle. „Der Kriminalkommissar wird in ein paar Minuten hier sein."

„Danke." Sabine stieß einen Seufzer aus und spürte, wie ein Schweißtropfen ihre Schläfe herunterrollte. Sie wischte ihn weg, darauf bedacht, ihre eilig aufgefrischte Schminke nicht zu verwischen. Becker durfte ihre zum Zerreißen gespannten Nerven nicht bemerken.

Fünf Minuten später tauchte Becker auf und funkelte sie wütend an. „Warum waren Sie nicht am Treffpunkt?"

Sabine stand auf. „Es gab ein Problem. Ich wollte Ihnen das persönlich mitteilen. Es könnte wichtig sein."

„Gut. Folgen Sie mir", sagte er und führte sie in das Labyrinth der Flure. Sabine weinte fast vor Freude, als er kurz vor dem Treppenaufgang anhielt, der zu den Folterkammern im Dachgeschoss führte. Er öffnete eine Tür, die anscheinend in sein Büro führte, einem großen Raum mit Fenstern, die auf den Park hinter dem Gebäude hinausschauten. Er wirkte wie eine Oase des Friedens und der Ruhe, aber Sabine wusste es besser.

An der Wand hinter dem Schreibtisch prangte ein Hitlerporträt, flankiert von zwei Hakenkreuzfahnen. Sabine stand still und machte den Hitlergruß. „Heil Hitler!" Ihre rechte Hand schoss nach vorn, etwas über Schulterhöhe, so wie sie es so oft beim Bund Deutscher Mädel geübt hatte.

Ihr Gruß schien Becker zu besänftigen, denn er sagte mit etwas weniger eisiger Stimme: „Und was war so wichtig, dass Sie den weiten Weg hierher auf sich genommen haben?"

„Als ich das Mädchen abholen wollte, war es weg."

„Weg?", fragte er ungläubig.

„Ja. Es sah aus, als sei sie in Eile abgeholt worden." Sabine machte eine Pause, damit er ihre Worte verarbeiten konnte, ehe sie mit ihrer sorgfältig einstudierten Scharade fortfuhr. „Jemand hat diese volksschädlichen Widerständler gewarnt. Eine andere Erklärung fällt mir nicht ein."

„Jetzt fantasieren Sie. Wer hätte denn so etwas tun können?"

„Ich weiß es wirklich nicht. Als ich es herausfand, habe ich nach einer funktionierenden Telefonzelle gesucht, um Lily Kerber zu informieren, genau wie Sie es mir befohlen haben." Sie sah ihn zögernd an. „Aber dann hatte ich Zweifel. Was, wenn sie die Volksfeinde gewarnt hat?"

„Fräulein Kerber?", spöttelte er. „Die arbeitet nicht für den Widerstand, das versichere ich Ihnen."

„Ich kann es mir auch nicht vorstellen. Lily und ich sind schon zusammen zur Schule gegangen und ich kann mir nicht vorstellen, dass sie jemals das Reich verraten würde... aber sie war die Einzige, die von dieser Aktion wusste, außer Ihnen und Ihren Männern."

„Und jetzt unterstellen Sie meinen Männern, dass sie Verräter sind?" Becker schien diese Idee zu amüsieren.

„Natürlich nicht", beeilte sich Sabine zu sagen. „Sie und Ihre Männer sind über jeglichen Zweifel erhaben. Aber ich hielt es für angemessen, Sie persönlich zu informieren, damit Sie eigene Ermittlungen anstellen und herausfinden können, wer diese Subversiven gewarnt hat."

„Hmm..." Er schien nicht überzeugt.

„Es tut mir so leid, dass das passiert ist. Ich hoffe nur, dieses jüdische Mädchen wird Deutschland nicht ins Verderben reißen." Sabine betupfte ihre Augen, um ihrer immensen Besorgnis Ausdruck zu verleihen.

„Wer hat Ihnen denn so einen Unfug erzählt?", explodierte Becker. „Sie ist ein Kind. Ungeziefer. Wie sollte sie denn unserem großartigen Deutschland schaden?"

Endlich hatte Sabine das Gefühl, dass Becker anbiss. „Unser Führer! Er hat gesagt, jeder einzelne Jude hat die Macht, unsere Herrenrasse zu zerstören. Und jetzt ist sie entkommen... es ist meine Schuld... ich habe den Führer enttäuscht." Sabine schluchzte.

Becker schaute verdutzt, schlug dann aber einen versöhnlicheren Ton an, als er sagte: „Ich bin mir sicher, dass wir das

Mädchen finden werden. Kümmern Sie sich nicht um dieses Ungeziefer. Was mir mehr Sorge bereitet, ist die Tatsache, dass wir einen Verräter in unseren eigenen Reihen haben."

„Ja, das ist bestürzend. Ich kann nicht anders, als mich zu fragen… wer zöge einen Nutzen daraus, die Subversiven zu warnen? Wer könnte bösartig genug sein, um Ihnen Loyalität vorzugaukeln, während sie in Wirklichkeit für die spioniert?" Sabine schlug die Hand vor den Mund. „Sie denken doch nicht etwa, dass ich so etwas tun würde, oder? Sie wissen, dass ich Sie nie anlügen würde. Ich liebe meinen Mann und ich will ihn zurückhaben. Außerdem würde ich wohl kaum direkt in Ihr Büro kommen, wenn ich eine Verräterin wäre. Verräter verstecken sich… sie weichen aus."

Becker warf ihr einen langen Blick zu und schüttelte nachdenklich den Kopf. „Hmm… das ist ein Argument. Aber wenn Sie es nicht sind, wer dann?"

„Es muss jemand sein, der von der Übergabe wusste." Sabine schubste ihn dahin, wo sie ihn haben wollte.

„Wir werden hier keine voreiligen Schlüsse ziehen, aber ich müsste Fräulein Kerber vielleicht mal verhören", sagte er und machte eine peitschende Bewegung mit seiner Hand.

Sabine spürte, wie es ihr heiß und kalt über den Rücken lief. Der Berg ihrer Sünden wurde immer größer.

Er schürzte die Lippen, als er die offensichtliche Pein auf Sabines Gesicht wahrnahm. „Wir nehmen solche Dinge nicht auf die leichte Schulter, aber da Fräulein Kerber uns schon so lange treue Dienste geleistet hat, werde ich sanft mit ihr umspringen, *falls* sie wirklich unschuldig ist."

Kannte die Gestapo überhaupt die Bedeutung der Worte *sanft* und *unschuldig*? Sabine tat ihr Bestes, ihre Gefühle unter Kontrolle zu behalten, und fragte mit ruhiger Stimme: „Was soll ich jetzt tun?"

„Gehen Sie nach Hause und tun Sie so, als sei alles in

Ordnung. Ich werde Sie kontaktieren, wenn ich Sie brauche." Mit einer Handbewegung entließ er sie.

Sabine hätte liebend gerne ein paar Fragen über ihren Mann gestellt, aber sie wusste es besser, als das zerbrechliche bisschen guten Willens zu zerstören, das sie gerade bei Becker aufgebaut hatte.

KAPITEL 26

Die Mainacht war warm und das Tageslicht verschwand erst nach zehn Uhr endgültig, weshalb Sabine beschloss, den langen Weg nach Hause zu Fuß zu gehen. Sie musste nachdenken. Der Tag war eine einzige lange Abfolge von unvorhergesehenen Ereignissen gewesen. Schuld, Erleichterung, Trauer und Stolz kämpften eine unbarmherzige Schlacht in ihrem verwirrten Herzen.

Sie hatte etwas Verabscheuungswürdiges getan. *Nein. Du hast eine ganze Reihe verwerflicher Dinge getan.* Eine unschuldige Frau den Wölfen zum Fraß vorgeworfen, um sich selbst zu retten, obwohl unschuldig hier nicht ganz passend war. Lily hatte – und würde – frohen Mutes jeden opfern, der ihr im Weg stand.

Aber das Wissen um die Fehler ihrer Nachbarin erleichterte die Last der Schuld nicht, die auf Sabines Schultern lag, und sie sehnte sich danach, Pfarrer Bernau zu besuchen. Er würde ihren moralischen Kompass wieder ausrichten, oder sie zumindest von ihren Sünden lossprechen, wenn sie beichtete. Aber sie konnte ihn nicht aufsuchen. Die Gestapo war ihr vermutlich gefolgt, und damit würde sie nur Aufmerksamkeit auf sich und den Pfarrer ziehen.

Nein, sie musste die Füße stillhalten. Tun, was Becker befahl.

Sich normal verhalten. Aber wie sollte sie normal sein, wenn sie noch nicht einmal mehr verstand, was dieses Wort überhaupt bedeutete?

Sabine nahm ein lauwarmes Bad und machte es sich mit einer Tasse Tee im Sessel bequem. Ihr gesamtes Glaubenssystem lag in Scherben zu ihren Füßen. Wie hatte sie jemals annehmen können, dass es richtig war, sich aus allem herauszuhalten? War das nicht die selbstsüchtigste Denkweise überhaupt?

Sie fiel in dem Sessel in einen unruhigen Schlaf, wurde aber früh am Sonntagmorgen durch ein lautes Klopfen an der Wohnungstür geweckt. Sie rappelte sich auf und strich mit den Händen die Kleidung glatt, in der sie die Nacht über geschlafen hatte. Das Klopfen ertönte erneut und sie beeilte sich, die Tür zu öffnen, bevor die neugierige Frau Weber von nebenan geweckt wurde.

„Herr Kriminalkommissar?", zischte sie beim Anblick von Becker und zwei SS-Männern, die vor der Tür standen.

„Dürfen wir hereinkommen?", fragte er.

Dann ist er nicht gekommen, um mich zu verhaften. Sabine trat zur Seite. „Bitte entschuldigen Sie die Unordnung. Ich war gestern Abend zu müde, um aufzuräumen."

Becker trat ins Wohnzimmer, gefolgt von den beiden SS-Männern in ihren schwarzen Uniformen. „Wir haben den Pfarrer geschnappt."

Sabine unterdrückte einen Aufschrei.

„Er wird noch verhört, aber es scheint, als wäre er der Kopf der Organisation."

„Der Pfarrer?" Sabine traute ihren Ohren kaum. Ihr Herz füllte sich mit Kummer für Pfarrer Bernau. „Ich habe ihn nur einmal getroffen, aber er schien so ein netter Mann zu sein."

Becker funkelte sie an. „Das ist genau der Grund, warum die Kirche ein Dorn in Hitlers Auge ist. Ihre Mitglieder stellen sich nicht nur gegen die Ideale der Nationalsozialisten, sondern ihre

Pfarrer sind wie Wölfe im Schafspelz, die unschuldige Bürger verführen."

In Ermangelung einer passenden Antwort nickte sie.

„Und es gibt noch mehr gute Nachrichten", sagte Becker selbstzufrieden. „Während Fräulein Kerber bisher ihre Beteiligung an der Widerstandsorganisation nicht gestanden hat, hat sie jedoch zugegeben, für eine Vielzahl anderer Interessen zu arbeiten, inklusive des NKVD."

„Sie hat für die Russen gearbeitet?" Sabines Kinnlade klappte bis zum Boden.

„Es scheint so. Sie hatte nie vor, das Reich zu unterstützen, sondern hat ihre Position nur zu ihrem persönlichen Vorteil ausgenutzt. Diese verlogene Person hat für eine ordentliche Stange Geld willentlich unser Land an die russische Geheimpolizei verraten."

„Was wird aus ihr?" Trotz allem, was Lily getan hatte, tat sie Sabine leid und sie hoffte, dass ihr wenigstens ein schneller und schmerzloser Tod gewährt würde.

„Das muss der Richter entscheiden, *nachdem* wir alle relevanten Informationen aus ihr herausgeholt haben, über die sie verfügt." Die eiskalte Stimme Beckers ließ Sabine das Blut in den Adern gefrieren und sie wollte nicht einmal daran denken, wie Becker gedachte, diese Informationen aus Lily herauszuholen. „Aber Fräulein Kerber ist nicht Ihr Problem. Auch Frau Klausen nicht."

Sabine hatte Frau Klausen und Ursula völlig vergessen, doch jetzt drehte sich ihr der Magen um bei dem Gedanken, was mit ihnen geschehen sein konnte. „Haben Sie die auch verhaftet?"

„Nein, sie sind entlastet." Seine Lippen verzogen sich zu einem eisigen Grinsen. „Der Pfarrer hat gestanden, dass er sie mit Täuschungen dazu gebracht hat, ihm zu helfen. Er gab vor, im Namen des Amtes für Raumbewirtschaftung zu arbeiten und neue Quartiere für Ausgebombte zu suchen."

Pfarrer Bernau hatte sich geopfert, um Ursula und ihre Mutter zu retten? Der Mann war ein Heiliger. Sie konnte ein Aufstöhnen nicht unterdrücken und sagte schnell: „Was für ein bösartiger Mann!"

„Ja. Und er wird dafür zahlen. Während wir sprechen, probieren meine Männer ein paar neue Techniken an ihm aus." Beckers teuflisches Grinsen drehte Sabine den Magen um. Der bloße Anblick des abscheulichen Mannes brachte sie zum Würgen. Sie wollte mit ihren Fäusten auf seine Brust trommeln und jedes unverarbeitete Gefühl herausschreien, während sie Pfarrer Bernaus Freilassung forderte.

Angesichts ihrer offensichtlichen Seelenqualen fing Becker an, einige der Foltermethoden genauestens zu beschreiben, die den unglücklichen Seelen blühten, die der Gestapo in die Hände fielen. Sie spürte, wie ihr schwindelig wurde, und hielt sich an der Kommode fest.

„Sie sehen blass aus, Frau Mahler, geht es Ihnen nicht gut?", fragte er und legte eine Hand auf ihren Arm. Sie brauchte ihre gesamte Selbstbeherrschung, um nicht den Arm wegzureißen und ihn damit gegen sich aufzubringen.

„Ihre Beschreibungen… sind etwas viel auf einen leeren Magen", sagte sie.

„Das liegt daran, dass Sie eine Frau sind. Frauen werden von ihren Gefühlen beherrscht. Sie sind schwach, wenig intelligent und unvernünftig. Aber…" Sein Gesicht kam so dicht an sie heran, dass sie seinen tabakschweren Atem riechen und die dunklen Flecken in seiner Iris sehen konnte, „… Sie müssen mir zustimmen, dass jeder bekommt, was er verdient, nicht wahr?"

Sie fand nicht, dass irgendjemand Folter verdiente, aber mit Beckers Atem in ihrem Gesicht nickte sie.

„Gilt das auch für Sie und Ihren Mann?"

Ihre Augen weiteten sich und Galle drohte ihr in den Mund zu steigen. „Mich?"

„Ja." Wieder ließ er sein widerliches Lächeln aufblitzen und quälte sie mit seinen Worten. Ein Ausdruck von Schadenfreude zeichnete sein Gesicht, während er sich an ihrem Terror weidete.

„Sie haben sich als ausgesprochen nützliche Agentin für uns erwiesen und ich habe beschlossen, Sie für Ihre Dienste für das Reich zu belohnen, indem ich Ihnen später am Tag Ihren Mann wiedergebe."

„Das werden Sie tun? Danke!"

„Danken Sie nicht mir. Wir beide haben nur unsere Befehle befolgt. Ich melde mich." Becker nickte den beiden SS-Männern zu und gemeinsam verließen sie die Wohnung. Sabine folgte ihnen mit wackeligen Knien, schloss die Tür hinter ihnen ab und schob den Riegel vor.

KAPITEL 27

Zwei Stunden später klopfte es an der Wohnungstür. Sabine eilte mit wild flatternden Schmetterlingen in ihrem Magen hin. Das musste Werner sein! Freude durchfuhr sie in der Erwartung, ihren Mann wiederzusehen.

Doch als sie die Tür öffnete, konnte sie einen Aufschrei kaum unterdrücken. Ihr gutaussehender, kräftiger Ehemann war nur noch ein Schatten seiner selbst. Sein kurzes braunes Haar war zu einer verfilzten Matte geworden und trotz seiner siebenundzwanzig Jahre zierten graue Strähnen seine Schläfen. Sein Gesicht war ausgemergelt und grau, seine dreckige Kleidung hing in Fetzen an seiner hageren Gestalt.

Aber er lebte. Und er war frei.

„Sabine", sagte er mit zittriger Stimme und kam einen noch zittrigeren Schritt auf sie zu. Unter großer Anstrengung schaffte er es ins Wohnzimmer und plumpste auf das kaputte Sofa.

„Werner, mein Liebster. Du bist hier", sagte sie, und bedeckte sein zerschundenes Gesicht mit Küssen.

„Ich dachte, ich würde dich nie wiedersehen, nachdem…"

„Schsch. Das ist alles vorbei. Du bist hier. Frei und am Leben." Sabine drückte einen behutsamen Kuss auf seine Lippen. Dabei berührte sie ihn kaum, aus Angst, ihm Schmerzen zuzufügen. „Hast du Hunger?"

„Ja. Sehr großen sogar."

Sie ließ ihm ein Bad ein und half ihm in die Wanne, ehe sie in der Küche verschwand, um ihm etwas zu essen zu machen. Aber die Freude darüber, ihn wiederzuhaben, wurde von Beckers Abschiedsbemerkung überschattet. *Ich melde mich.* Er erwartete von ihr, dass sie weiter für die Gestapo arbeitete. Sie hatte sich als äußerst hilfreich für das Reich erwiesen. Das hatte er gesagt.

Aber das würde sie nicht noch einmal tun. Würde sie ihre Moral nicht erneut verraten, nicht einmal, um Werner am Leben zu erhalten. Das war nicht richtig.

Während die Kartoffeln auf dem Herd kochten, ging sie ins Schlafzimmer und kniete auf dem Boden, um ihren Koffer unter dem Bett hervorzuholen. Sie wuchtete ihn auf das Bett und öffnete ihn. Viel war nicht darin: ein Satz Kleidung für Werner, inklusive seinem Lieblingspullover. Sie streichelte die weiche, dunkelblaue Wolle und erinnerte sich an bessere Zeiten, bevor das alles passiert war. Ein mulmiges Gefühl quoll in ihrem Magen auf und einen Moment lang dachte sie, sie müsste sich übergeben.

Die ganze Aufregung der letzten Wochen hatte dafür gesorgt, dass sie sich ständig unwohl fühlte, aber das würde sich bald ändern, wenn wieder Ruhe in ihr Leben einkehrte. Sie nahm die Anziehsachen, außer den Wollpullover, und klopfte an die Badezimmertür. „Werner, brauchst du Hilfe?"

„Nein, aber bitte komm rein." Er sah viel besser aus, nachdem der Dreck und das Blut von Wochen weggewaschen waren, aber die blauen Flecken und Wunden zeichneten noch immer seinen Körper. Irgendwie schaffte er es, zu lachen, und zeigte dabei eine frische Zahnlücke. „Du kannst dir nicht vorstellen, wie froh ich bin, wieder bei dir zu sein."

Hitze stieg ihr in die Wangen. Ihm so nah zu sein, ließ ihre Gefühle aufwallen, aber dies war nicht der richtige Zeitpunkt für Intimitäten, denn sie fürchtete, dass ihm jede Berührung

Schmerzen bereiten würde. „Hier sind saubere Sachen für dich. Ich bin in der Küche. Ruf mich, wenn du was brauchst."

Sabine zog die Tür hinter sich zu und flüchtete in die Küche, wo sie ihre Hände und Gedanken mit den Bratkartoffeln beschäftigte, die er so liebte. Sie fand sogar ein Stück Schinken in der Speisekammer und schnitt es in kleinen Stückchen in die Pfanne.

Gerade als sie den Tisch fertig gedeckt hatte, stand er plötzlich mit nacktem Oberkörper hinter ihr und legte die Arme um ihre Taille. Seine Umarmung fühlte sich anders an – knochig, unsicher. Es brach ihr das Herz, wenn sie daran dachte, was die Gestapo ihm angetan haben musste.

„Kannst du dir vielleicht mal meinen Rücken ansehen?"

„Oh!" Tränen sprangen ihr in die Augen, als sie das zerfetzte Fleisch auf seinem Rücken betrachtete. Rote Striemen kreuzten die Haut, eine bleibende Erinnerung an Beckers Peitsche. „Setz dich und ich hole die Erste-Hilfe-Tasche. Einige Wunden sind entzündet."

„Kein Wunder."

Sabine kam mit der Erste-Hilfe-Tasche zurück, säuberte vorsichtig die tiefsten Wunden und wischte den Eiter weg, bis die Wunde sauber war. Sie tupfte etwas Desinfektionsmittel darauf und zuckte zusammen, als Werner aufstöhnte. Nachdem sie Pflaster auf die nässenden Wunden geklebt hatte, half sie ihm in sein Hemd.

„Danke", sagte er, griff nach ihrer Hand und zog sie an sich, sodass sie zwischen seinen Knien stand. „Ich liebe dich so sehr…"

„Ich liebe dich auch. Ich hatte solche Angst, dass sie dich umbringen."

„Es gab Tage, da habe ich mir gewünscht, sie würden es tun. Aber dann habe ich die Augen zugemacht und dein Gesicht gesehen. Du hast mir den Willen zum Überleben gegeben."

Verlegen setzte sich Sabine auf den Stuhl neben ihm. „Iss, und dann musst du dich ausruhen."

Werner verschlang das Essen wie ein Wolf und Sabine deutete

auf ihr Schlafzimmer. „Geh nur. Ich räume auf und dann komme ich zu dir.“

„Musst du heute gar nicht arbeiten?“

„Es ist Sonntag.“

„Das war mir nicht klar…“ Werner trottete ins Schlafzimmer, wo sie sich zu ihm gesellte, sobald sie abgewaschen und die Küche blitzblank hinterlassen hatte. Jetzt, da Werner zurück war, würde sie sich an das Amt für Raumbewirtschaftung wenden und eine andere Wohnung beantragen.

Sie zog die Schuhe aus und schlüpfte auf das Bett, wo er auf dem Bauch lag. „Ruh dich aus, mein Liebling. Du bist jetzt in Sicherheit.“

„Wie kannst du dir da so sicher sein?“

„Sie werden uns in Ruhe lassen. Zumindest fürs Erste.“

Werner drehte sich um und setzte sich unter Schmerzen auf. Finster blickte er in ihr Gesicht. „Woher weißt du das? Was hast du getan?“

Schuld überrollte sie wieder und drohte sie zu ertränken. Sie zögerte. „Weißt du, warum du verhaftet wurdest?“

„Nein. Das hat man mir nie gesagt. Die schienen einfach nur Spaß dran zu haben, mich zum Schreien zu bringen …“ Bei der Erinnerung verzog er das Gesicht.

Ein Schaudern ließ ihren Körper beben und sie nahm seine Hände in ihre, während sie ihre Augen von seinem Blick losriss. Aber er ließ sich nicht täuschen. Sie hatten zu lange zusammengelebt, als dass er nicht gewusst hätte, dass etwas faul war.

„Warum siehst du so schuldbewusst aus? Sabine, was sollte das alles? Was hast du getan?“

Sie holte tief Luft und ihre Stimme war heiser, als sie sagte: „Ich wurde ihre Informantin.“ Sie senkte den Blick zu ihren verschränkten Händen und fuhr fort: „Diese Wohnung? Weißt du, wer hier wohnt? Frau Klausen und ihre Tochter.“

„Frau Klausen… du meinst die Kollegin, von der Lily wollte,

dass du sie ausspionierst?" Werners Augen weiteten sich vor Schreck.

„Ja. Ich glaube, es war Lilys Idee, dich als Druckmittel zu verwenden, als ich beim ersten Mal nicht zugestimmt habe. Kriminalkommissar Becker hat mir ein Angebot gemacht, das ich nicht ausschlagen konnte. Frau Klausen ausspionieren und ihm den Kopf der Organisation bringen, im Tausch für dein Leben."

„Du hast zugestimmt? Du arbeitest jetzt für die Gestapo?" Die Dankbarkeit in seinem Gesichtsausdruck wurde von Abscheu weggespült.

„Das war eine einmalige Sache und es war nicht so, als hätte ich eine Wahl gehabt", verteidigte sie sich.

„Man hat immer eine Wahl." Er entzog ihr seine Hände.

„Ich habe dich gewählt."

„Das hättest du nicht tun sollen. Wie kann ich mit dem Wissen leben, dass meine eigene Frau andere in die Folterkammern der Gestapo geschickt hat, nur um mich zu retten? Ich wäre lieber gestorben." Seine Stimme war hart wie Stahl, und seine Worte schmerzten schlimmer als eine Ohrfeige.

Sabine war sprachlos. Nach allem, was sie durchgemacht hatte, hatte sie diese Zurückweisung nicht verdient.

Er drehte ihr den Rücken zu. „Geh bitte. Ich brauche Schlaf."

„Werner…"

„Geh."

Sabine verließ das Schlafzimmer und brach auf dem aufgeschlitzten Sofa zusammen, nur um kurz darauf ins Bad zu eilen und sich zu übergeben. Ihr Blick fiel auf den Spiegelschrank und eine weitere Welle der Übelkeit überkam sie.

Seit sie vor mehr als zwei Monaten hier eingezogen war, hatte sie keine Blutungen mehr gehabt. Sie sank auf die kalten Fliesen und schlang ihre zitternden Arme um sich.

Warum ausgerechnet jetzt?

~

Mehrere Stunden später flickte Sabine Werners Kleidung und hörte dabei Radio. Zarah Leander sang *Davon geht die Welt nicht unter*. Sie fuhr zusammen, als Werner plötzlich vor ihr stand und sagte: „Wir müssen reden.“

„Worüber?“

„Darüber, dass meine Frau für die Gestapo arbeitet.“ Sein Gesicht zeigte noch immer die Missbilligung ihrer Handlungen.

„Ich arbeite nicht für sie, nicht mehr.“ Sie legte das Flickzeug beiseite und bemerkte, wie er sich ein paar Schritte von ihr entfernt aufbaute, die Füße hüftbreit auseinander und die Arme vor der Brust verschränkt. Sie seufzte, denn sie wusste, dass er sie nicht vom Haken lassen würde, bis sie ihm alles erzählt hatte. „Sie haben unser Haus abgebrannt und dafür gesorgt, dass ich bei Frau Klausen und ihrer Tochter wohne.“

Falls diese Enthüllung ihn schockierte hatte, zeigte er es nicht. „Weiter.“

„Ich sollte mich mit den Klausens anfreunden…“, sie erinnerte sich daran, wie kläglich sie dabei versagt hatte, da Frau Klausen Verdacht geschöpft hatte, „… und als sie vor ein paar Tagen zu ihrer Schwester nach Bayern gefahren sind, habe ich es endlich geschafft, die Widerstandsorganisation zu infiltrieren. Ich sollte ein Mädchen in ein anderes Versteck bringen.“

„Du hast diesen Verbrechern ein Kind ausgehändigt?“ Werners Augen glühten vor Wut.

Sie schüttelte den Kopf und erinnerte sich an die Wanzen in der Wohnung. Mit einem Finger auf den Lippen stand sie auf und drehte das Radio lauter, ehe sie Werner bedeutete, sich zu ihr zu setzen. Da er den Kopf schüttelte, stellte sie sich auf Zehenspitzen und flüsterte ihm ins Ohr: „Die Gestapo kann uns hören.“

„Ich will nicht sitzen.“ Er funkelte sie wütend an.

„Dann stehen wir eben. Ich konnte es nicht tun. Kurz bevor ich sie der Gestapo übergeben sollte, bin ich mit dem Mädchen geflohen und habe sie zu dem Pfarrer gebracht, der alles eingefädelt hat.“

„Du hast was?“ Seine Stimme war hart wie Stahl, aber wenigstens wurde der durchdringende Blick etwas weicher.

„Ich habe sie an einen sicheren Ort gebracht.“

„Und warum haben sie mich dann freigelassen?“ Werner war vielleicht grün und blau geprügelt worden, aber sein messerscharfer Verstand funktionierte noch.

„Ich… ich habe vielleicht angedeutet, dass jemand die Organisation gewarnt hat.“

„Jemand?“

„Nun, ja… vielleicht habe ich Lilys Namen erwähnt.“ Sabines Knie zitterten.

„Unsere Nachbarin, Lily? Du hast sie an die Gestapo verraten?“

„Es ist nicht so, als ob sie unschuldig wäre. Es war ihre Idee, dich verhaften zu lassen, und sie hat in den letzten Jahren so viele Menschen an die Gestapo verraten. Hunderte! Sie hat es zugegeben! Und selbst wenn sie dieses eine Verbrechen nicht begangen hat, tropft trotzdem Blut von ihren Händen.“

Er sank auf den Sessel und zog sie mit sich. „Das meinst du doch nicht ernst, oder?“

„Doch, leider tue ich das. Es gab keinen anderen Ausweg. Sie hat inzwischen zugegeben, auch für den NKVD gearbeitet zu haben. Der Pfarrer hat sich geopfert, um Frau Klausen und ihre Tochter zu entlasten, und die Gestapo ist überzeugt, dass ich diejenige war, die ihnen den Kopf der Organisation geliefert hat.“

„Das muss ich erst einmal verdauen“, sagte Werner. In einer Pause zwischen zwei Liedern füllte sich das Zimmer mit eisiger Stille, aber Sabine würde nicht um Verständnis betteln. Er musste zu seiner eigenen Entscheidung kommen. Sie war nicht wirklich stolz auf das, was sie getan hatte, aber man hatte sie ohne Ausweg in eine Sackgasse gedrängt.

Nach einer langen Pause spürte sie, wie Werners Hand sich um ihre Schultern legte. „Sabine, es tut mir leid. Ich möchte nicht undankbar erscheinen, aber ich würde nicht wollen, dass du mich auf Kosten von Unschuldigen rettest. Ich bin froh, dass du im entscheidenden Moment das Richtige getan und dieses Mädchen gerettet hast. Und ich nehme an Lily hat bekommen, was sie verdient."

Sabine lehnte sich in seine Umarmung. „Ich bin nur froh, dass es vorbei ist."

„Du weißt, dass wir nicht hierbleiben können, nicht wahr?", sagte er.

„Ich gehe morgen zum Amt für Raumbewirtschaftung und bitte um eine Neuzuweisung."

Er lachte in ihr Ohr. „Ich rede nicht von der Wohnung. Ich rede von Deutschland. Wir müssen das Land verlassen, oder wir werden nie wieder sicher sein."

Sabine spürte tief in ihrem Inneren, wie wahr seine Worte waren. Es war nur eine Frage der Zeit, ehe die Gestapo wieder auftauchen und von ihr verlangen würde, erneut für sie zu spionieren. „Du musst erst heilen."

„Ich habe vor, das sehr schnell zu tun. Obwohl ein wenig nackte Aufmerksamkeit von meiner Frau vermutlich die beste Medizin wäre." Er warf ihr ein verschmitztes Lächeln zu und drückte einen leidenschaftlichen Kuss auf ihre Lippen.

Sie spürte, wie sie rot wurde, als seine Hände unter ihre Bluse rutschten und über ihren Bauch fuhren. Bei dem Gedanken an das süße Geheimnis, das sie unter dem Herzen trug, lächelte sie und beschloss, es ihm ein anderes Mal zu sagen. Jetzt würde sie der Liebe frönen, mit der Werner sie überschütten wollte.

Ende

Die Reihe Kriegsjahre einer Familie geht weiter mit Richard Klausen.

In Beherzte Rettung erfahren Sie, wie es ihm an der Ostfront erging (keine Angst, es wird nicht sehr militärisch), und wie er schließlich ganz unerwartet in einer polnischen Widerstandskämpferin seine große Liebe findet.

Mehr soll an dieser Stelle noch nicht verraten werden.

NACHWORT DER AUTORIN

Liebe Leserin, lieber Leser,

vielen Dank, dass Sie AGENTIN WIDER WILLEN gelesen haben.

Normalerweise habe ich entweder eine Person oder ein Ereignis im Kopf, wenn ich ein neues Buch anfange. In „Blonder Engel" war es die Gefängniswärterin mit demselben Spitznamen, in „Dunkle Nacht" ihre impulsive Schwester, die ständig in Probleme gerät, und in „Agentin wider Willen" ein dahingeworfener Kommentar einer Bekannten. „Die benimmt sich gerade so, als solle sie uns ausspionieren." Und meine scherzhafte Antwort darauf: „Genau. Vielleicht hat jemand ihren Mann entführt und zwingt sie jetzt dazu."

In dem Moment sagte ich zu mir, dass ich darüber ein Buch schreiben muss. Aber die Idee ist nur der Anfang, danach folgt viel harte Arbeit.

Sabine ist eine fiktive Person, aber es gab unzählige Fälle, wo die Gestapo Familienmitglieder als Druckmittel benutzt hat. Auch Menschen wie Lily Kerber, die als Spitzel für das Regime tätig waren, gab es genügend, und zwar nicht nur aus „hehren" ideologischen Motiven, sondern oftmals aus materiellen Gründen.

In meinem Buch hat Lily bekommen, was sie verdient ha. In Wirklichkeit sind die meisten sowohl während des Kriegs als auch danach glimpflich davongekommen.

Was ich beim Schreiben am spannendsten fand, war Sabines Gesinnungswandel. Sie, die zunächst kühl-distanziert, ja sogar unsympathisch, war und sich aus allem heraushalten wollte, wurde direkt in den Schlamassel hineingeworfen.

Wie würde sie auf die Tatsache reagieren, dass sie zur Herrin über Tod oder Leben geworden ist? Und wie weit würde sie gehen um ihren Mann zu retten?

Kriminalkommissar Becker kennen Sie sicher noch aus der Reihe „Liebe und Widerstand im Dritten Reich". Dort war er eine Nebenfigur, basierend auf dem echten Kriminalkommissar, der meine Großeltern verhört hat, aber in diesem Buch wurde er zu einer zweiten Hauptfigur, und ich fand es extrem spannend, in seine Gedankenwelt einzutauchen.

Pfarrer Bernau ist dem katholischen Pfarrer Buchholz und seinem protestantischen Kollegen Poelchau nachempfunden, die beide in Plötzensee arbeiteten und dem Widerstand angehörten. Beide haben den Krieg überlebt.

Vielen Dank nochmal fürs Lesen,

Marion Kummerow

KONTAKTINFORMATIONEN

Ich freue mich über jede Zuschrift:

Twitter:
http://twitter.com/MarionKummerow

Facebook:
http://www.facebook.com/AutorinKummerow

Website
http://www.kummerow.info